大活字本シリーズ

吉川永青

誉れの赤《上》

埼玉福祉会

誉れの赤

上

装幀　関根利雄

目次

第一部　友と見た空

誉れの赤

第一部　友と見た空

一　長篠

武田《たけだ》軍は包囲されている。正面には織田信長《おだのぶなが》・徳川家康《とくがわいえやす》連合の本隊が立ちはだかり、背後にも別働隊が迫っていた。

「敵方は御屋形様《おやかたさま》の人となりも良く知っている。うまうまと誘《おび》き出されたのです、我らは」

隊列の中、勘五郎《かんごろう》と藤太《とうた》は轡《くつわ》を並べている。その八間（一間は六尺、約一・八メートル）も先で、この隊の部将・山縣昌景《やまがたまさかげ》がそう語った。相手は当主・武田勝頼《かつより》の叔父、信廉《のぶかど》である。

　左手から藤太が小声に訊ねた。

「誘き出されたって、どういうことだ」

　勘五郎は軽く首を振って返す。

「知らん。俺たちにできるのは、戦うことだけだ」

　先陣に寄せた敵の足軽衆が上げる喚声《かんせい》は、八町（一町は六十間、約一〇九メートル）もの距離を隔《へだ》ててなお騒々《そうぞう》しい。そうした喧騒の中、ぼそぼそという小声を、しかし山縣は聞き逃さなかった。峻烈《しゅんれつ》な怒声が飛んで来る。

「成島《なるしま》勘五郎、飯沼《いいぬま》藤太。無駄口は軍法に触れると知っておろう」

勘五郎と藤太は首をすくめた。山縣は身の丈四尺五寸そこそこ（一尺は三〇・三センチメートル）の小男だが、ひとたび戦場に出れば、敵味方共に鬼神と恐れる猛将である。

勝頼のかつての正室は、織田信長の姪《めい》であった。この伝手《つて》で敵に人となりが知られていても不思議はない。だが勘五郎は、勝頼がどういう男であるかなど知らなかった。何しろ一番下っ端の同心衆に過ぎぬ。ゆえに、何を以《もっ》て「誘き出された」と言うのか分からなかったし、分かる必要もなかった。皆と共に馬を並べ、ただ「進め」の下知を待つのみである。

「誘き出された、とは？」

信廉が、先の藤太と同じことを問う。山縣は渋面《じゅうめん》で返した。

「長篠《ながしの》城に入ったのが、奥平貞昌《おくだいらさだまさ》だということです」

「かつて徳川方から当家に降参しながら、今また徳川に帰参した。内情を知る者が長篠にあるのは喉元に刃《やいば》を突き付けられたに等しい……御屋形様の仰《おお》せは、道理ではないか」

しかし山縣は、ゆっくりと頭を振った。

「まことに左様お思いなら、もう少し時をかけたでしょう」

「違うと？」

「あの猛々《たけだけ》しいご気性を、御屋形様は未だ御しきれぬのです」

武田方の兵は八千、対して織田・徳川の連合は二万ほどである。連合側は、武田方が長篠城の攻略に手間取っている隙《すき》を衝《つ》き、別働隊を組んで城を救った。その別働隊がさらに動き、城の奥平勢と共に武田軍本隊の背を脅《おびや》かしている。

「なるほど。我慢の足りぬお人ってことだ」

再び呟《つぶや》いた藤太に眉根を寄せていると、案の定、山縣がぎろりと目を剝《む》いた。勘五郎は身をすくめ、軽く頭《こうべ》を垂れつつ考えた。

（つまり御屋形様は）

奥平を許せず長篠城に突っ掛けた、ということか。まさに誘き出されたのだ。ならば――。

「敵には、こちらを殲滅《せんめつ》する支度《したく》があると見て良いな」

己と同じ考えを、信廉が苦々しく発する。山縣はそちらに向き直って、大きく頷《うなず》いた。

「然《しか》り。退かねばならぬでしょう。そのために」

言葉を切り、隊の皆を向く。そして大音声《だいおんじょう》に呼ばわった。

「赤備え！　戦場の華と謳《うた》われる力を見せてやれ」

高々と刀を振り上げる。勘五郎と藤太、そして居並ぶ馬上の武士たちがこれに応じ、無言のまま拳で天を突いた。

戦は、部将を筆頭とする命令体系と個々の役割を明確にした「備え」と呼ばれる単位で行なわれる。甲冑《かっちゅう》から馬具、槍や刀の鞘《さや》などを赤く彩《いろど》った山縣隊は「赤備え」と呼ばれた。攻めては先手として敵を蹴散らし、守っては守勢を一気に逆転する、武田最強の部隊である。

山縣は刀の切っ先で、敵味方の足軽衆が入り乱れた先陣を示す。

「敵の足軽衆が我らの陣を突き、出て来い、出て来いと誘っておる。望みどおり出てやろうぞ。ひと当たりして、あの雑兵《ぞうひょう》どもを陣に押し返すべし。前へ」

それに従い、総身を朱の具足で固めた三百の騎馬武者、これを補助する「相備え」の徒歩《かち》衆四百が前に出る。全てが山縣の前に進むと、雷鳴の如き下知が飛んだ。

「進め！」

法螺貝《ほらがい》の音が、勘五郎の背にびりびりと響いた。大きく息を吸い込むと、戦場に赴《おもむ》く力が湧く。幼少から常に共にあった藤太を見ると、左隣の馬上から、にやりと笑みが返された。

騎馬武者が馬の腹を蹴る。並足から小走りに、全馬が計ったように足並みを合わせ、やがて怒濤《どとう》の疾走《しっそう》に変わっていく。赤地に武田菱《びし》を白く染め抜いた指物《さしもの》が、ばたばたと音を立てた。黒塗りの具足に身を包んだ相備えの徒歩武者が、猛然と続く。敵方とは違い、誰ひとりとして声を上げる者がない。

数日続いた雨の後の有海原《あるみばら》に、湿った土を蹴り上げて馬は走る。勘五郎が馬上で軽く後ろを向くと、相備えがその土くれを浴び、顔まで真っ黒に染めていた。騎馬も徒歩も、皆が目を爛々《らんらん》と輝かせて戦場の狂気に臨《のぞ》んでいる。静かな殺気が心地良い。

木曾馬《きそうま》の背丈は四尺五寸ほど、最後尾で指揮を執る山縣の背丈とほぼ同じぐらいである。だが筋骨隆々と体格が良く、癇《かん》も強い。そうした中から選《よ》り抜かれた馬たちは、飛び交う矢玉や敵の喚《わめ》き声の中、鎧《よろい》武者を背にしていささかも足を緩めなかった。

敵味方の足軽が揉《も》み合う辺りまで二町ほどに馳《は》せ寄った頃、背後遠くに山縣の声が上がった。

「手綱、引けい！」

次いで、すぐ後ろで復唱の声が上がる。振り向くと、ごつごつと骨ばった顔に伸び放題の縮れ鬚《ひげ》、上役の孕石備前《はらみいしびぜん》が頬《ほお》を歪《ゆが》めた。

勘五郎が、そして三百の赤い騎馬武者たちが手綱を引き、少しずつ馬の足を緩める。

「鬨《とき》、上げい。えい！」

えい、つまり支度は「良いか」と声が上がった。騎馬と言わず徒歩と言わず、皆が一斉に「応」と返す。

「えい、えい、えい」

「応」

これを以て赤備えの声はぴたりと止み、再び黙々と前に出る。

喚き声を上げるばかりだった敵衆の反応が、ざわめきに変わった。

錆《さ》びた地金が丸見えの胴鎧――徳川家からの貸し具足を着けた足軽が、右往左往し始める。対して味方の先手は徒歩武者に率いられ、ざっと互いに寄り合った。さっきまで地を埋めていた人波の中に、幾筋もの道ができた。

「掛かれ」

馬蹄の音しか発しない騎馬武者たちへ、山縣の声が号砲のように響く。これに応じ、勘五郎と藤太は隣り合ったまま、その中のひと筋を進んだ。

織田や徳川がそうであるように、関東以西では満足な数の馬を揃《そろ》えていないのが常である。ゆえに弓矢や鉄砲の力が物を言う。

しかし騎馬中心の赤備えは、矢玉の届く外から一気に駆け込み、いささかも力を損じぬまま暴威を振るう。そうした戦い方を知ってか、赤い濁流《だくりゅう》を目《ま》の当たりにした敵の足軽は、誰彼問わず顔を引き攣《つ》らせた。

「山縣の……赤備えだ」

「どけ！　どけ！　踏み潰《つぶ》される！」

気が怖《お》じけた敵兵が馬を避けようとして、さらに奥まで道が伸びる。

そこを目掛け、赤い人馬は容赦なく駆け込んだ。

如何《いか》に木曾馬が逞《たくま》しく俊敏であろうとも、人を踏ませたりはしない。

粗末ながら鎧を着けた足軽を踏み潰したりすれば、馬の脚が参ってしまうからだ。それゆえ速さを緩めて馳せ付けるのだが、その程度の勢いでも敵は尻込みする。この赤い鎧には、それだけの力があった。

敵は、或《ある》いは背を見せて逃げようとし、或いは屁ひり腰で槍を向けてくる。周囲をじろりと一瞥《いちべつ》し、勘五郎は猛然と刀を振るった。

「ふんっ……」

生来の吊り目をさらに吊り上げ、筋の太い鼻から強く息を抜きつつ、横薙《よこな》ぎに払う。切っ先が敵の額を斬り、鼻面を削《そ》いだ。

「う……わあぁっ」

「死ぬ……死ぬ……」

勘五郎はそれらの声に心中「うるさい」と舌を打ちつつ、刀を右前に突き出した。これも相手を討ち取るほどではないが、目尻を掠《かす》めて、こめかみの肉を裂いた。たったそれだけの傷でも、気を挫《くじ》かれた者はうろたえ、使い物にならなくなる。

己が三人を退けている間に、左手の藤太は、力に任せて敵兵を屠《ほふ》っていた。

「一……」

敵兵の額に食い込んだ刀を抜き取り、藤太がぼそりと呟く。勘五郎はそれを聞きつつ、またひとりの戦意を奪った。

「二……」

藤太が二人めを屠ると、恐怖に彩られた喚き声が背後に迫った。

「あああああっ！」

だがそういう声とて、狙っていると教えるものでしかない。胸の内に「甘い」と大喝《たいかつ》を響かせて身を捻《ひね》り、勘五郎は藤太の背を窺《うかが》う足軽に目を遣《や》った。二間もの長槍を振り上げ、打ち据《す》えようとしている。重い槍を振り回して動きの鈍い足軽など、物の数ではない。勘五郎は左手に刀を持ち替えて突き込む。切っ先を口の端に軽く引っ掛けてやると、右の頬がぱっくりと割れた。兵は叫び声を上げて槍を取り落とし、傷を押さえてその場にうずくまった。

すぐに正面を向き、睨み据える。

黙々と殺戮《さつりく》を繰り返す赤い集団を前に、敵はすっかり震え上がっている。勘五郎の睨みひとつで雑兵どもは卒倒するように仰《の》け反《ぞ》り、自陣へ返そうとした。騎馬武者たちはその機を逃さず、馬を前に出す。空いたところを相備えの徒歩武者が埋める。

山縣の下知どおり、赤備えは敵を陣の内に押し込めようとしていた。するとし、武田軍が斬り込んだずっと向こう、徳川軍の右翼にある陣地から苛立《いらだ》った声が渡ってきた。

「うろたえるな！」

それを合図に、乾いた破裂音が響く。パンという気の抜けた音だが、これこそが恐ろしい。鉄砲であった。

パン、パンという音は間断なく、五月雨《さみだれ》のように続く。四町ほど先、馬防柵の向こうでは十人ほどでひと固まりの集団がいくつも見えた。

雑賀《さいか》流か――。

勘五郎が体を前のめりに倒すと、藤太も同じように身を低くする。

しかしその格好になっても、二人は刀を振るう手を止めなかった。ひとり、二人と手傷を負わせつつ、鉄砲兵の動きを遠目に見やる。

十人ひと組の大半は弾込めだけを行なっていて、支度が済むと撃ち手に渡す。一発を放つと撃ち手が交替し、次の鉄砲を受け取っていた。やはり雑賀流だ。撃ち手の交替と弾込めの分担で疲れを防ぎ、乱れ撃ちに撃ち続けている。一斉に撃たれるよりも怖さはないが、何しろ数が多く、途切れる暇がないだけに厄介《やっかい》であった。

敵陣から、ドンと太鼓の音がこだまする。それに応じ、今度は陣から駆け出《い》でた弓隊が矢の雨を降らせた。勘五郎は身を起こし、刀で矢を払った。流れ矢が兜《かぶと》の端に当たって硬い音を響かせたが、遠矢だけに力はない。

矢の一斉射は少しずつの間を置いて六回続いた。百を数えるほどの間でしかなかったが、しかし、それだけでも鉄砲兵は休むことができる。矢が止むと、また鉄砲の音が響くようになった。

「う……ぬ」

小さな唸《うな》り声と共に、目の前の赤鎧が馬から落ちた。命中したのだ。

それを見て敵陣の鉄砲組が、どっと沸いた。

騎馬隊は矢玉の届かぬところから一気に雪崩《なだ》れ込むことができるが、いざ敵と斬り結ぶに至っては、やはり馬の足を止める。胸から上を人の頭よりも高く晒《さら》す格好になるだけに、絶好の標的なのだ。しかも赤備えの具足は目立つ。

だが――。

「俺を、狙ってみろ」

低く搾《しぼ》り出すように唸ると、勘五郎は手綱で馬の首を叩いてなお前に出た。ひたすら静粛《せいしゅく》を保って敵兵の目を突き、喉を裂き、槍を持つ手首を襲いながら。

勘五郎だけではない。藤太が、後ろから馬を進める孕石備前が、皆がそうした。

敵陣に近付くほどに鉄砲の勢いは増す。ひとり、またひとりと撃たれて馬から滑り落ち、相備えの徒歩兵がくずおれる。それでも赤備えは前に出た。赤い具足に守られていないところが、返り血で赤く染まった。

彼我の陣の間は二十町ほど、こちらの陣まで八町の辺りへ寄せていた敵兵を、逆に敵陣まで二町ほどのところまで押し込んだ頃、背後遠くで声が上がった。

「次に譲《ゆず》る。退けい！」

山縣の号令を、寄騎《よりき》衆や寄子衆が復唱する。勘五郎は周囲の敵に斬り付けながら馬首を返し、鳴り響く鉄砲の音の中、混戦の内から脱した。

「駆けよ！」

山縣が刀を振り上げて号令し、馬に鞭《むち》を入れる。それに続いて総勢が馬を馳せ、一気に自陣を指した。怒濤のように馳せ寄って痛打し、敵に盛り返す間すら与えず疾風《はやて》のように退く。精鋭を揃えた上で訓練に訓練を重ね、磨き上げた戦法である。

引き上げる山縣隊の脇を、武田信廉の徒歩勢が駆け抜けて行く。いささかも疲れていない後続に「頼むぞ」と眼差しを送り、赤備えは帰陣した。

斬り結んでいたのは半時《とき》（一時は約二時間）と少しだろうか。梅雨の晴れ間、蒸し暑さで息が上がる中、勘五郎は陣に戻って掌《てのひら》で額を拭った。脂汗のぬるりとした手触りとは別の、生臭い滑《ぬめ》り気が額に塗り付けられた。

皆が皆、肩で息をしている。飛び交う矢玉の中で「俺を狙え」と姿を誇示するのは、それほどに疲れることであった。しかし、決して隊列は崩さない。その前に山縣が馬を進め、誇らしげに呼ばわった。

「討たれたのは、七百のうち、百と少しか。お主らの働きで敵を押し返した。生きて戻った皆こそ、真の赤備えだ」

勘五郎は笑みを浮かべ、左手を向いた。藤太の微笑《ほほえ》みの中に、最前までの鬼の形相《ぎょうそう》が溶けて消えた。

このまま敵を陣に追い返せれば――。そのために武田軍は当たっては退き、別の隊を前に出しを繰り返す。

だが、やはり数に於《お》いて大きく勝る織田・徳川連合は強かった。

一度は山縣隊に押し返されながらも、敵は鉄砲の猛威で第二隊の武田信廉を退ける。戸板に間断なく雹《ひょう》が降るような音は、千挺もあるのではないか。入れ替わりに襲い掛かった三番手、四番手も、再び勢いを増した敵を押し返すには至らない。五番手を務めた馬場信春《ばばのぶはる》の徒歩勢も、鉄砲と矢に追い立てられて多くを損じた。形勢は如何にしても不利であった。

本来なら敵を撤退に追い込み、悠々と甲斐《かい》に帰りたかった。だが、それは望めそうにない。戦端が開かれてから四時後、申《さる》の刻（十六時）になると、全軍に向けて退き貝が吹かれた。

武田軍は有海原の北方、鳳来寺山《ほうらいじさん》に向けて退却する。殿軍《でんぐん》を務めたのもまた、最強ゆえに山縣の赤備えであった。

退き戦は難しい。激しく抗戦して敵の出足を止め、容易に追撃できぬと思わせねばならぬ。退却を第一としてはならぬのだ。殿軍が鬼神・山縣昌景の赤備えだと知れば、敵も二の足を踏む。

――はずであった。

しかし織田・徳川連合は、勝ち戦の勢いをそのまま持ち込み、しかも先陣に鉄砲兵を付けて追い立ててきた。先に武田軍を散々に苦しめた千挺ではない。長篠城に籠城していた奥平貞昌の二百、そして、その長篠城を救援した別働隊の持つ五百、合わせて七百挺である。

山縣隊に残った数は六百足らず、それを目掛けて立て続けに弾が撃ち込まれる。鳳来寺山に向けて連なる丘陵の道は狭い。そこに弾が集中しては、さしもの赤備えも戦場に血の華を咲かせるばかりであった。

パン、パン、パンという音に応じ、まずは最後尾で敵の足軽衆に対していた相備えの徒歩武者が斃《たお》れる。次いで騎馬武者が、ひとり二人と馬を射抜かれ、地に叩き付けられた。

間近に迫った火薬の匂いの中、じりじりと後退する。声を上げる者はないが、誰の顔にも明らかに「まずい」と大書されていた。

鉄砲の音が止むと、敵の徒歩勢が駆け込んで来る。足軽の持つ二間の長槍は、乱戦では打ち据えるのに使う。しかし距離のある相手に突っ掛けるには、相手に槍先を向け、槍衾《やりぶすま》を作って駆け込むのだ。刀や馬上槍では抗しきれない。

勘五郎の馬が胸前を刺され、痛みに狂乱する。何とか押さえ込もうと馬の首に手をかけたが、しかし視線の先で敵の足軽が、さっと屈《かが》んだ。

（いかん）

鉄砲が、来る。勘五郎は手綱を放し、馬が暴れるのに任せて地に落ちた。

途端、また鉄砲の音が響く。藤太の馬が棹立《さおだ》ちになって高くいななき、そのまま横倒しになった。鞍上の藤太は放り出されて転がり、道の脇の大樹に頭から突っ込んだ。何とか起き上がろうとしているが、動きが鈍い。

刹那《せつな》、鉄砲の音が止む。敵の足軽が槍を高々と掲げ、馬を失ったこちらを叩き据えようと、振り下ろしてくる。

その一本を、勘五郎は右手で摑《つか》んだ。ずしりと、掌が割れそうな痛みが走る。しかしすぐに左手を添え、ぐいと引いて奪った。

「ふん！」

鼻息も荒く、そのまま振り上げて打ち下ろす。槍の柄は二人を捉えた。腕を折ったのだろう、叩かれた者は絶叫しながらその場に蹲《うずくま》った。ぎろりと睨むと、敵は少し気圧《けお》されて軽く仰け反った。赤鎧の力は未だ生きている。勘五郎は手にした長槍を投げ付けて隙を作り、すぐさま藤太の元へ駆け寄って肩に担《かつ》いだ。

殿軍の抵抗もここまでか。馬から振り落とされた者は数多くいる。それらの者と暴れ狂う馬がいては、とてもではないがまともに戦えるものではない。むしろ、これらの馬を盾として下がるしかなかった。

藤太は初め引きずられるようであったが、十間も進むと、自らの足で歩けるようになった。

「退けい！」

夕闇迫る中、とうとうその指示が下った。孕石備前の声である。狭い道に暴れ馬があれば追撃もままなるまいと、皆が敵に背を向けた。

だが、甘かった。

「伏せい！」

敵の何《いず》れかの将が命じる。ざっ、と背後に人の動く音がしたかと思うと、次に聞こえたのは鉄砲の音であった。振り向く先には、撃たれて斃れる馬、馬、また馬の影。次いで矢の雨が降り注いだかと思うと、そう間を置かず、またも銃声が響く。

「ぐっ……」

「う……ぬう」

そこにもここにも、苦悶《くもん》の顔で斃れる赤鎧の姿ばかりであった。六百の数があった赤備えも、既に二百を数えるほどか。勘五郎と藤太は身を低くして、這《は》うように退いた。

道の向こうに、まだ馬がある。ひと際大きな馬の影は山縣昌景と寄騎衆だろうか。

「退け、退けい！」

聞き慣れた山縣の声がする。この鬼神でも抗し得ぬとは——。

思ったその時。

「退……」

山縣の声が、パンという音に遮《さえぎ》られる。そして誰よりも小さな体が馬から転げ落ち、どさりと音を立てた。

「山縣様！」

声を上げて駆け寄るのは、藤太であった。勘五郎もこれを追った。

次第に暗さを増す天を見上げたままの将を、寄騎衆の馬が盾になって守ろうとする。その陰に入り、勘五郎と藤太は山縣の身を抱き起こした。

「山縣様、しっかりなさってください。傷は……浅い。浅いに決まっている」

涙に揺れる声で、藤太が呼ばわる。だが目の前の事実は残酷であった。山縣の具足は面頬《めんぼお》が破れていて、弾に撃ち抜かれたことを示していた。その穴からは胸の鼓動に合わせるように、どくどくと血が吹き出し、それればかりか耳からも血が流れていた。こうなると、もう助からない。

「山縣様、俺が背負うて行きます」

小さな身を、大柄な藤太が担ごうとするものの、先に頭を打ったばかりとあって、如何にも辛《つら》そうに映った。

「藤太、俺が」

勘五郎が声をかける。すると山縣は、ふらりと右手を動かして、藤太の頰を叩いた。ぺち、と弱々しい音がした。

「……勘五郎、藤太。山縣の赤備え、その是《ぜ》……を、述べ……よ」

掠《かす》れる声で、途切れ途切れに言う。藤太は堪《こら》えきれずに涙を落とした。

「俺みたいな……木っ端の名まで、覚えてくださって……。いつも親しく声を、かけて……くださって……」

山縣は柔らかく微笑んだ。そよ風に首筋を撫でられたような、こそばゆそうな笑みであった。

勘五郎は、ぎり、と奥歯を嚙んだ。そして腹に力を込め、搾り出す。

「赤備えは戦場の華なり。真の赤備えとは人に先んじて敵に当たり、比類なき手柄を上げ、そして……無事に生きて帰る者なり」

最前の笑みのまま、山縣は小さく頷いた。

「その、通りに。生きて……」

がくり、と首から力が抜ける。まだ息はあるが、もう言葉を出すこ
とも、自らの身を支えていることもできぬようであった。

総崩れになった山縣隊に敵の足軽が襲い掛かり、槍を伸ばした。

「できるだけ殺すな。生け捕れ！」

声と共に進み出でた馬上の士は、口髭がまばらに白く、頬のこけた
将であった。

「徳川家臣、石川数正《いしかわかずまさ》が山縣昌景を討ち取った。其方《そのほう》らも観念せい」

石川は足軽に「それ」と命じる。駆け込んだ足軽たちは、壊乱した

赤備えの上に長槍を振り下ろして打ち据え、そのまま押さえ込んだ。

二　朋友

十四年前、永禄《えいろく》四年（一五六一年）秋、八月。

「何が武士だ、この弱虫」

「うちから取った米、返さんか」

百姓の子らが輪になり、罵《ののし》りながら小突き回してきた。勘五郎は俯《うつむ》いたまま、こちらから向こう、向こうからこちらと、されるがままに身をよろけさせる。

力の弱い己が囲まれては、どうしようもない。仕方ないのだ、と唇を噛んだ。すると周囲の子らは、今度は「その顔が気に入らぬ」と言って、なお激しく小突いた。

「何とか言えし、こら」

「父やんまで戦に連れてかれて、どうしろゆうんだ」

突き出されて足がもつれ、正面の腰にすがり付く。

「うらの兄《あい》やんもだ。死んだら、おまんのせいだ！」

頭の上から忌々しげな声が落ちて来る。父のしたことは、俺のせい。

そうなのか。見開いた目に涙が溜まり、頬が歪んだ。

しかし泣き声を上げる間も与えられず、前のめりになった腹を膝で蹴り上げられた。息が詰まって、前屈みのまま、よろよろと後ろに下がる。今度はその尻を蹴られ、畦道《あぜみち》に顔から落ちた。

そこから先は、ただ蹴られ、殴られた。勘五郎は身を丸め、頭を抱えながら泣いた。他に何もできなかった。

「おまんら！」

道の向こうに声がする。己を囲む子らのひとりが「てってっ」と驚きの声を上げ、殴る蹴るが止んだ。

「いけん、藤太じゃんけ」

亀の子のように丸まっていた勘五郎は顔を上げ、子らの脚の間から向こうを見た。藤太が四角い顔を朱に染め、そこらで拾ったのだろう木の枝を振りかざしていた。

「いつもいつも！　ぶっさらうぞ！」

ぶん殴るぞ、と枝を振り回して猛然と駆けて来る。取り囲む皆が、ざわめきを上げた。

「やるけ？」

「馬鹿ゆうな。あいつ、強いずら」

「逃げろし」

蜘蛛《くも》の子を散らすように、百姓の子らは逃げ走った。

「逃げ足ばっかり、はしっこい。話にならねえ」

駆け付けた藤太は道の脇に唾《つば》を吐き捨て、然《しか》る後にしゃがんだ。

「五郎やん、立てし」

勘五郎はそれに従って身を起こした。だが立ち上がるでもなく、その場にぺたりと座った。ずっと、俯いたままであった。

藤太は大きく溜息《ためいき》をついた。

「なんで、いぐられるばっかりなんだぁ。ちったぁ、やり返したらええずら」

「うるさい。余計なことを」

いつものことか、と言わんばかりに、藤太はすくと立ってこちらの腕を取る。引かれるままに立ち上がった。

「まんず、帰ろけ」

言うと、背を向けてすたすたと歩く。勘五郎は慌てて後を追った。

藤太は武士の子ではない。先に己を囲んでいたのと同じ、百姓の子だった。勘五郎の生まれた成島の家からほんの半町ほど、隣と言って良い家の次男である。

隣家であるためか、あるいは百姓仕事だけで食っていくのが難しいためか、藤太の父は齢《よわい》二十一の長男と嫁に畑を任せ、自らは成島家の下人のようなことをしていた。

勘五郎は九歳、藤太は三つ年上の十二歳で、幼い頃から共にあった。成島の家は十二貫の知行《ちぎょう》を持つだけの甲斐国人である。幼い子にとって、そのぐらいの身分の差は垣根にならぬ。二人は友として育った。

夕焼けの空が濃い橙《だいだい》色に染まっている。右後ろに向けて伸びる影は、藤太の方がずいぶんと長かった。

勘五郎は、ぼそりと呟いた。

「おまえ、ずるいよ」

藤太は歩を止め、肩越しにこちらを向いた。何を言われているのか分からぬ、という顔に構わず続けた。

「俺より背も大きい。力も強い」

「年が三つも違ったら、そうなるずら」

「でも俺は武士なんだ。いつも助けてもらうなんて」

藤太の父が成島の下人をしているなら、行く行くは藤太も同じことをする。下人に守られる武士というのが情けなく思えて、口をへの字に結んだ。

藤太は前に向き直り、また歩を進めながら「はは」と笑った。

「成島の旦那様も、上役の人を守って戦うずら。武士が下に守ってもらって、恥ずかしいことなんてねえべ」

「じゃあ、下をいじめるのは、いいのか？　父上は上役を守るくせに、何で百姓からは米を取り上げるんだ。俺がこんな目に遭《あ》うのも
……」

「年貢を取るのだって、百姓を守ってるからだぁ。旦那様がおらんかったら、うらの兄やんも畑仕事なんか、してらんねえずら」

釈然《しゃくぜん》としない。口を尖らせて、勘五郎は言い返す。

「じゃあ、百姓を戦に連れて行くのは？」

「槍を持て、ゆうのとは違うずら。馬の世話とか、荷運びとかじゃん」

確かに、賦役《ふえき》に駆り出される百姓は戦をしない。昨日まで鍬《くわ》を握っていた手に槍や鉄砲を持ったとて、兵としては使いものにならぬのだ。戦うのは父のような木っ端武者や、戦ごとに雇われる足軽である。

「でも戦場にいたら、戦わなくても死ぬかも知れない」

「畑をやっとっても、転んで頭ぶつけて死ぬかも知れんずら」

こともなげに言う。戦と畑仕事は全く違うだろうに。思いつつも返す言葉が見つからず、勘五郎はそっぽを向いた。

少しの間、共に無言で歩を進めた。夕空は橙色を煮詰め、赤黒くなってきている。

「何で戦なんか、あるんだろう」

沈黙を破ったのは、勘五郎の心から出た声であった。藤太は歩きながら「うん」と大きく伸びをして、背を向けたまま言う。

「攻めて来る奴が、いるからずら」

今年になって、越後《えちご》の上杉謙信《うえすぎけんしん》が関東各地の武士を束ね、小田原《おだわら》の北条氏康《ほうじょううじやす》を攻めるべく南下していた。この甲斐の国主・武田信玄《しんげん》は盟友たる北条家を援助すべく、北信濃《きたしなの》の川中島《かわなかじま》に兵を出し、留守となった越後を窺《うかが》う構えを見せていた。勘五郎の父もこの戦に赴いている。足軽を三人雇い、また、百姓から賦役の者を二人連れて。

「武田の御屋形様が攻めるのは、いいのか」

藤太はこちらを向き、瞬時「参ったな」という顔を見せたが、すぐに言葉を返した。

「五郎やんが泣かされたら、うらが助ける。同じだぁ」

少し気だるい声に聞こえた。なぜか申し訳なく思えて、勘五郎はまた少し俯いた。蹴られた背中に痛みを覚え、左手を後ろに回して軽く擦《さす》ると、不意に「良いのか」という疑念が湧いた。足許を見つめながら歩く。

山の向こうに日が入り、地に伸びた影が曖昧になる頃、家に着いた。

「顔、拭けし。旦那様が戦でおらん間、五郎やんが代わりずら」

涙の跡を残してはならぬと言われ、勘五郎は着物の袖で顔を拭った。

「ほいたら、うらぁ帰る。また明日な」

いつものように藤太は背を向けた。昨日も今日も、恐らく物心ついた頃からずっと同じ背中だった。これからも、きっと――そう思うとまた「良いのか」という問いが生まれた。

「だめだ」

小声が出た。藤太は、ぴくりと身を震わせて立ち止まり、こちらを向いた。肩越しではない、正面からの眼差しだった。

「何が、ずら」

己そのものを問われている気がした。腹の中には、どろどろとしたものがある。それが何なのかが、分からない。分からぬまま、えい、と思い切って吐き出した。

「俺は、いつも助けてもらってばかりだ。武士が百姓を守るなら、俺が藤太を守らないといけないのに。今のままなら」

やがて、おまえも離れて行く。そのひと言を口に出すのが恐くて息を吞んだ。嫌だ。そうならぬために――。

「……強くなりたい」

腹の中のものが、明確な形を持った。俯き加減の顔を前に向ける。

「俺は武士なんだ。いつも俺をいじめる奴らよりも、おまえよりも、強くなりたい。ならなければ、いけないんだ」

するると藤太は、苦笑とも喜びとも取れぬ笑みで顔を満たした。

「父やんが、ゆうたとおりになった」

三年も前は、藤太も泣き虫の己を頼りないと思っていたのだ、と言う。だが父から気長に付き合ってやれ、尻を叩いてもならぬと窘《たしな》められたそうだ。

「五郎やんが自分で、どうしたい、ゆうまで待てってって」

そう言って、はあ、と嬉しそうに息を吐いた。すっきりした面持ちであった。

「強くなれし、五郎やん」

正直なところ、藤太の父が何を思ってそう言ったのかは分からなかった。だが今、この藤太の顔だけは、己にとってかけがえのない真実であった。

「うん。俺は、強くなりたい」

「ほいたら、まず……あいつら何とかせんと、いけんずら」

己を目の敵にしていじめる百姓の子らを黙らせねばならぬ。藤太は何か考えがありそうに、にやりと笑う。そして「明日な」とだけ残して、自らの家に帰った。

＊

一夜が明けた。

百姓の朝は早い。米の刈り入れが終わった秋八月半ば、米を作る家は藁編《わらあ》みを行ない、畑を持つ家は冬場の青物を作る。まだ日が高くならぬ頃、勘五郎は一軒の家に向かった。昨日「うちから取った米を返せ」と言って己を殴った者の家であった。

庭先で藁を干す姿を見て、勘五郎は朗《ほが》らかに発した。

「早いな」

声をかけられた子は、怪訝《けげん》な顔をした。

「おまん、何しに来た」

「歩いているんだ。それぐらい、いいだろう」

にこりと微笑んで歩を進める。向こうは仏頂面《ぶっちょうづら》で手を動かしていた。

「藁を干しているのか」

「見たら分かるずら」

こちらを見ずに、そう返した。笑みを絶やさぬまま、勘五郎は隣に進む。そして――。

いきなり、殴った。しかも右手には石が握られている。ごつん、と音がして、向こうは尻餅《しりもち》をついた。

「な……」

何をする。そのひと言を出す前に右足を伸ばし、踵《かかと》で思いきり口を蹴り付けた。

「う……あ」

頭からも口からも血が流れている。勘五郎はそれを見て、また、にこりと笑った。

「いつもの礼だよ。俺を鍛《きた》えてくれているんだろう？」

言いながら、石を振り上げる。途端、相手は涙目になった。

「やめ……歯が」

一切を聞かず、手の中の石を投げ付けた。頬に軽く当たると腰を抜かし、這いずって逃げようとする。勘五郎は、その尻を蹴り上げた。

「歯は、また生えてくる」

ひと言を残して立ち去った。最後まで、笑みを絶やさなかった。

その家から二町も離れる。己のしたことに、今になって、どっと汗が吹き出してきた。勘五郎は胸に手を当てて、大きく荒く息をした。

すると、道端の木陰《こかげ》から藤太が歩み出た。

「どうだった」

「……言うとおりにした。初めから終《しま》いまで、笑いながらやった」

藤太は腕組みをして小さく含み笑いをする。

「ええぞ。あいつ、二度と五郎やんをいぐったりできねえずら」

全て藤太の入れ知恵であった。喧嘩は相手に「負けた」或いは「恐い」と思わせれば勝ちなのだ。笑いながら、いきなり石で殴り掛かるような相手を恐れぬ者はいない。しかも、今まで散々にいじめ抜かれた者がそうしたのだ。

「でも……卑怯《ひきょう》な気がする」

「喧嘩に決まりごとなんて、ねえべ。気を抜いた方が悪い」

それは、そうかも知れない。父の戦でも謀《はかりごと》で敵を討つという話は聞いたことがある。一面で納得しながらも、しかし勘五郎は軽く眉根を寄せた。

「石なんかで殴ったら、死ぬかも知れない」

「五郎やんの力で、人は死なねえ。大丈夫だぁ」

それは「おまえは弱い」と言われているようで、どうにも癪《しゃく》に障《さわ》った。睨み付けると、藤太は薄ら笑いで応じる。

「こっちが上だって教えてやれば済むんだ。さ、次行くぞ。しっかりやれし」

次の家に行く。親と畑仕事に出ている者を呼び、目に砂をぶつけてから金玉を蹴った。相手は小便を漏らしながら、転げるように逃げた。

その次では笑いながら近付いて、いきなり懐から小刀を抜いて振り回した。それが腕を掠めて一寸にも満たぬ切り傷が付くと、相手は平伏してこれまでのことを詫びた。

六つの家を回り、九人の子らに手痛いしっぺ返しを食らわせた。全てを終えた頃には、とうに昼を過ぎていた。

勘五郎は藤太に連れられて、南の笛吹川《ふえふきがわ》へと流れ込む支流に進んだ。藤太は玉石の河原にどっかりと腰を下ろすと、腰に着けていた竹皮の包みを取って開く。中には、黍《きび》の混じった大きな結び飯が二つあった。

「飯にすべ」

言いながらひとつを取り、大きく口を開けてかぶり付く。そして、左手の上で竹皮に包まれたままの飯を「ほれ」と差し出した。

勘五郎は、ふらりと座った。凡《およ》そ今まで、これほど誰かを痛め付けたことはない。勧められる飯に手を伸ばす気にもなれず、ぐったりとして首の力を抜いた。

「よく飯なんか食えるな」

「何が、いけんずら」

きょとんとして返す。肝が太いな、と呆れ返った。

「皆に怪我をさせたんだ。親の目の前で痛め付けた奴もいるんだぞ」

藤太は口の中の物を飲み込んでから「あはは」と笑った。

「どこのうちでも、子らが五郎やんに何してたか知っててらぁ。おまんが悪い、命があっただけ有難いと思えって、それで終わりずら」

釈然としないが、ようやく飯に手を伸ばす気にはなれた。小さく口を開け、少しを食う。まだ動揺している様を見て、藤太はこちらの肩をパンと叩いた。

「戦場に出たら、これぐらいじゃ済まねえずら」

「戦と喧嘩は違うよ。でも……」

「でも？」

勘五郎は、自らの行く末に光明を見た。自然と、顔も明るくなった。

「俺でも、強くなれる気がした」

対峙した相手を討ち取らずとも、戦意を根こそぎ毟《むし》り取ってやれば、それで勝てる。そこは喧嘩も戦も同じなのだ。今日の一件で学んだことは大きかった。

この日を境に、いじめる者はいなくなった。

藤太の言うとおり、百姓衆から文句を言われることもなかった。だが母からは、そして一ヵ月と少し後に家に戻った父からは、大目玉を喰らった。

もっとも勘五郎は、それで萎《しお》れることはなかった。今までとは違う、胸に抱いた自信ゆえである。父母は当初こそ倅《せがれ》の変貌《へんぼう》に戸惑ったようだが、これまでとは打って変わって武芸の稽古に明け暮れるようになった己の姿を、次第に「頼もしい」と受け取るようになってくれた。

強くなりたい。名の聞こえた敵を討ち取るような大将でなくても良い、ただ、戦えば必ず勝つ武士になりたい。二年、三年、四年——力の弱い己がそうなるためにと、勘五郎はひたすら動きの速さを磨《みが》いた。

＊

まだ勘五郎が百姓の子らにいじめられるばかりだった頃——永禄三年（一五六〇年）に、海道一の弓取りと謳われた駿河《するが》の今川義元《いまがわよしもと》が、尾張《おわり》の織田信長に討たれた。今川家は嫡子の氏真《うじざね》が継いだが、父の弔《とむら》い合戦に及ぶこともなく、行く末を危ぶまれていた。

だから、であろう。今川領では家臣や国人の離反が相次いだ。最大の事件は、三河《みかわ》の松平元康《まつだいらもとやす》が徳川家康と名を改め、今川から独立したことであった。

そうした中、勘五郎は十四歳で成島の主《あるじ》となった。父母が相次いで病の床に生涯を終えたためである。

隣国・駿河の動揺は、盟友である甲斐にも当然ながら及ぶ。家を継いで間もない身ではあったが、今川義元の死によって生まれた諸々の波紋と無縁ではいられなかった。

勘五郎が家を継いで二年後の永禄十一年（一五六八年）に、甲斐国主・武田信玄は四男・勝頼の正室を織田から迎え、また徳川とも盟約を結んだ。今川と距離を取り始めていたのだ。甲斐・相模《さがみ》・駿河三国で交わされた盟約の根幹は、ことほど左様に揺らいでいた。

永禄十一年冬、十二月。

いずれ今川と戦になる。甲斐国人の間で噂されていたとおり、勘五郎は粗末な具足を着け、駿河へと向かう途上にあった。これが初陣であった。上役となった孕石備前からは、足軽二人を雇い、それとは別に百姓から下役をひとり徴発するよう指示された。勘五郎は、その役に藤太を選んだ。

武田軍一万二千は十二月六日に甲斐躑躅《つつじ》ヶ崎館《さきやかた》を発ち、粛々《しゆくしゆく》と行軍する。勘五郎の配された第三隊は秋山信友《あきやまのぶとも》を将とする徒歩隊であった。主将の下に寄騎衆、その下に寄子衆、勘五郎は寄子たる孕石の下で、最も下の同心衆だった。寄騎や一部の寄子と違い、勘五郎は馬に乗ることを許されない。背後で荷運びをする藤太と共に歩を進めていた。

六日後の十二月十二日、昼四つ巳《み》の刻（十時）、駿河の薩埵峠《さつたとうげ》に差し掛かる。海沿いまで山の張り出した地形であった。

「伝令、峠に今川勢！」

前方から物見が馬を馳せて行軍の脇を通り、呼ばわりながら最後方の大将・武田信玄の元へと進む。今川軍は前方八里（一里は六町、約六五〇メートル）の峠を固めているらしい。数は一万五千ということであった。

いよいよだ。そう思うと、どうにも落ち着かぬ。勘五郎は何度も鉢金《がね》の紐《ひも》を結び直したり、両手を擦り合わせて掌の汗を飛ばしたりしていた。

「旦那様、大丈夫け」

藤太が声をかける。振り向いて無言で頷くものの、実のところ強がりであった。

そのまま、じりじりとしながら行軍を続ける。すると、突然に前方で鬨の声が上がり、行軍の足が止まった。

四町ほど先、峠の頂《いただき》を遠目に見やる。針のように天を向いた無数の足軽槍と、その後ろに黒塗り具足の一団が道を埋め尽くし、下って来ていた。

勘五郎は体をがちがちに固めた。息を静かに戦場の喧騒を聞く。胸の鼓動が速くなる。

「藤太。おまえは兵ではない。道の脇に下がっていろ」

背後に呼びかけると、藤太がこちらのすぐ後ろまで歩を進めた。

「ご武運を。初陣、飾ってくれし」

そう残して木立の陰に入って行った。共に戦えない歯がゆさが伝わった。

稽古とは違う、命の奪い合いをする戦場とは、どのようなものか。

黒く埋め尽くされた峠道をじっと見つめていると、冬だというのに、額に脂汗が浮いた。

不意に、敵の出足が止まった。味方の先鋒とぶつかったのだろう。

思う間もなく、黒い塊《かたまり》が押し戻されて行く。川の流れが逆になったような、眩暈《めまい》がしそうな動きだった。そこに、赤い色がじわりと広がった。

「は、孕石様」

自らの後ろにいる上役に目を遣る。孕石備前はごつごつと骨ばった顔に伸び放題の縮れ鬚、それに比して薄い眉という恐ろしげな顔の中、目だけを子供のように輝かせ、赤い色を凝視したまま応じた。

「良く見ておけ。あれが赤備えだ」

「赤備え……」

父から「武田武士なら誰もが憧れる」と、その名だけは聞いたことがある。勘五郎は慌てて前に向き直り、峠の頂へと目を遣った。先には「じわり」程度だった赤の広がりが、急激に勢いを増し、今川方の黒を飲み込んでしまった。目を戻してから五十と数えていない。まさに一気呵成《いっきかせい》の勢いであった。

瞬く間に広がる赤い色をじっと見つめ、勘五郎は少し身震いした。目は皿になっている。兵に強弱の違いはあろうが、下り坂の勢いを借りた相手をこうまで軽くあしらうとは。

「凄い」

赤備えがどれほど強いかを目の当たりにして、出て来る言葉はそれだけだった。

己も、あれほどに強くなりたい。否、武士であるからには、戦場で敵を圧倒するようにならねば。自らの目が、先の孕石と同じになっていることが分かった。

峠の色が赤一色になった頃、後方から大将・武田信玄の指示が復唱されてきた。

「先鋒、替われ！」

声を追うように、法螺貝の音が響く。それから百を数えたほどか、己の二十間も向こうにいた第二隊・穴山信君《あなやまのぶきみ》の徒歩五百が、ざっと前に出た。第三隊の前に二町ほどの間が空いた。

「秋山隊、百歩前へ」

この隊の将、秋山信友が命じる。勘五郎は赤備えの戦いを見た興奮を自らの中に封じ込めるように、左手で口を塞《ふさ》いだ。そうやって無言を貫き、百歩を進む。将の指示が通りやすいよう、戦場での無駄口を禁じるのが武田の軍法であった。

四十二歩、四十三歩。頭の中で数えながら進んでいると、前方から赤い具足の一団が退いて来た。前進する第三隊の両脇を後方へと擦《す》れ違う武者は、全てが騎馬である。右手先頭の馬上にある小男――山縣昌景の顔には「これで良いのだ」と書かれていて、退いたのは馬の疲れを考えただけのことだと分かる。これぞ武田の先鋒、諸国に恐れられる山縣の赤備えであった。

「おい」

孕石に軽く肩を叩かれて、我に返る。山縣の勇姿につい目を奪われ、足が止まっていた。少し慌てて再び歩を進めた。

指示された百歩を進み、腰に佩《は》いた刀の鞘に左手を添える。山縣隊の後退を思い出しつつ「戦も進め方は喧嘩と同じなのだ」と胸に繰り返した。それに、赤備えが敵の出鼻を挫《くじ》いたのだ。この戦が決するのも時間の問題だろう。

だが、どうしたことか。先に前進した穴山隊は、ひと当たりしたと思う間もなく、総崩れになって退いて来た。

逃げ戻る兵の姿に愕然として、勘五郎は目を見開いた。穴山隊の者は半分以上が齢五十を優に越えた年寄りなのだ。今の今まで気付かなかったとは。鼻の頭に浮いた汗を右の掌で拭い、その手で口を軽く押さえて「畜生《ちくしょう》」と呟いた。

兵の粗末さゆえに崩れた第二隊の姿を見て、今川方が息を吹き返している。馬を馳せて逃げ戻る将、作りの良い具足から見て恐らく穴山が、ちらりと後ろを見た。その顔には笑みが浮かんでいた。

「進め！」

思考を断ち切るように、秋山の号令が響いた。前方に並んだ足軽が一斉に駆け出す。勘五郎ら同心衆も、続いて前へ出た。同心衆の後ろには寄子衆と一部の寄騎が続き、一町ほども進んだ。

彼我の足軽が間合いを詰め合い、互いに二間の長槍を振り下ろすのを合図に、双方の木っ端武者が乱戦に身を投じた。

貸具足に描かれた双方の大名家の紋で、敵と味方の見分けは付く。手近なところで、味方の足軽と槍の柄で押し合う敵がいた。勘五郎は軽く武者震いすると、これに刀を突き込んだ。

「やっ！」

気合一閃《いっせん》、切っ先が敵の手首を掠める。すっぱりと切れた口から血煙が舞った。

「ああああ！」

濁った叫び声を上げ、敵が槍を取り落とす。そこを味方の足軽が狙い、一人掛かりで槍を振り下ろし、打ち据えた。地に転がった敵は悶絶している。もう戦えまい。横目に見ながら勘五郎はなお前に出て、敵の喉元や股間、足首など、鎧に守られていないところを狙って刀を振るう。討ち取るほどの傷ではないが、戦意は確実に刈り取っていた。

――だが、出すぎた。

気が付けば、足軽に紛れて最前線まで来ていた。木っ端の身分でも、武士の出で立ちは、胴鎧に陣笠のみの足軽装束と明らかに異なる。姿を認めた途端、敵兵は目の色を変えて勘五郎を取り囲んだ。

「殺せ！」

「俺のもんだ！」

兜首ではないにせよ、武士を討ち取れば足軽の褒美は増える。誰もが欲に血走った目で、こちらを人だと思っていない。

やはり稽古とは違う。勘五郎は腹に力を込め、その弱気を押さえ込んだ。取り囲む数は七人、隙を見せぬよう、そして逆に隙を見つけるために、睨み据えて小刻みに目を動かす。

「勘五郎！　この阿呆が」

後方からの声は孕石備前だ。瞬時顔を向ける。数名の足軽を率いていた。それらが長槍を振り下ろし、敵の一角を崩す。そこに孕石自らが飛び込んで、敵兵ひとりの内腿に刀を突き込んだ。胴鎧のみで着物を捲り上げ、顕《あら》わになった逞《たくま》しい脚から、夥《おびただ》しい量の血が噴き出した。

孕石と眼差しを交わし、敵に刀を向けたまま少し後退する。だが背後を守るはずだった足軽たちは、乱戦の中での揉み合いに巻き込まれ、思うように動けないでいた。先に崩した一角には既に別の敵が押し寄せている。囲まれたのが、己ひとりから孕石を加えた二人に変わっただけだった。

取り囲むうちのひとりが、槍を振り上げる。他もこれに倣《なら》った。叩かれたら終わりだ。死なぬまでも骨の一本や二本は折れ、動けなくなる。

しかし、勘五郎には稽古を重ねて積み上げた力があった。

「遅い！」

一喝と共に屈み、左手に地の土を握る。ひとりの目に投げ付けて視界を奪うと、そのままの姿勢から刀を振り上げて鼻を削いだ。相手が「あっ」と声を上げて槍を落とし、傷口を押さえる。その膝許に肩で体当たりを食らわせ、後ろに倒すと、右脇の兵を横合いから薙ぎ払った。足首の後ろ側を斬られ、片足に力の入らなくなった兵が、悲鳴を上げてくずおれた。

長く重い足軽槍は、動きが緩慢になる。その隙を衝いて二人を退け、なお敵を斬らんと後ろを向く。その目に飛び込んで来たのは、三人の槍を刀で受け止めた孕石の姿だった。動きを封じられた脇の下に向け、槍を伸ばそうという足軽がある。

「孕石様！」

勘五郎は、再び敵の囲みの中に飛び込む。孕石を窺った槍こそ刀で弾いたが、勢い余って、救うべき人の体にぶつかってしまった。体勢を崩して受け止めきれなくなった槍が、勘五郎と孕石の身を叩く。受け止めていた辺りから打ち下ろした槍には、骨を折るほどの力はない。しかし二人は地に転げた。

まずい。思った刹那、右手の足軽が二人、三人と叫び声を上げ、脛《すね》を押さえてくずおれた。どの脚も皆、あらぬ方を向いていた。

「五郎やん！」

藤太であった。どこかで拾ったのであろう重い足軽槍を、ぶんぶんと横合いに払っている。

瞬く間に三人を片付けられ、敵の目がそちらを向いた。勘五郎はその隙を逃さなかった。

「ふんっ……」

鼻息をひとつ抜きながら立ち、斜めに刀を振り上げる。敵兵の腿をばっさりと斬り、返す刀で別の者の目を襲った。孕石も立ち上がり、一人の喉を貫いている。ここに至って敵は怯《ひる》んだ。

「今ぞ」

孕石の声に従い、勘五郎と藤太は味方の内に退いた。

乱戦から脱する中、武田の法螺貝が響く。これは「進め」でも「退け」でもない。何の指示かと思ううちに、どうしたことか、敵軍の中ほどで喚声が上がった。

第三隊の指揮を執る秋山の元まで退くと、孕石は馬上の人に問うた。

「秋山様、これは」

「寝返りだ。勝ったぞ」

第二隊の穴山は、わざと負けて退いたのだ、と言う。

山縣の赤備えに怯み、しかし直後に優勢となれば敵は気が大きくなる。そして、こちらの懐深く踏み込んだのを見計らって法螺貝を吹いた。これを合図に今川方の将、二十一人が寝返った。

つまり、先んじて調略を進めていたということだ。穴山隊に年寄りばかりを揃えたのは、誘引のためだったのだ。

そこから先は、一方的であった。前を武田軍に、後ろを寝返りの者に封じられた敵の先鋒はいとも容易《たやす》く壊乱し、山中に逃げ散った。

武田軍はその日のうちに峠を越え、駿河に入って野営陣を張った。

足軽や武士、賦役の百姓衆が行き来するざわめきの中、勘五郎は木陰に座り、ぼんやりと焚《た》き火を眺めていた。その火で粥《かゆ》を炊きながら、藤太が声をかける。

「五郎やん、気にすんなし。初陣だぁ。命があったら、次があるずら」

「違う。そうじゃないんだ」

勘五郎は弱々しく頭を振った。藤太は困ったように溜息をつき、粥を盛った椀を「ほれ」と差し出す。食いたくもなかったが、手を伸ばした。

すると、別の声がかかった。

「勘五郎、良いか」

孕石備前であった。藤太が慌てて脇に退き、勘五郎は足許に平伏した。

「申し訳ございませぬ。今日の戦、俺の落ち度にて……」

しかし孕石は、小さく笑った。

「おまえ、幾つになる」

「え？　十六ですが」

何を問われているのか分からず、顔だけを上げた。孕石はその前にどっかりと座ると、藤太に向けて手を伸ばす。応じて渡された粥の椀を受け取り、二口、三口と掻《か》き込んだ。

「俺は三十七だ。おまえの父とは良い友だった。ちょうど」

ちらりと藤太に目を流す。

「おまえとこの者のように、戦場で背を預け合った仲だ」

知らなかった。己が父と孕石に、そのような縁があったとは。驚いた顔をしていると、孕石はなお粥を啜《すす》り、大きく溜息をつく。

「赤備えの動きを見ていたか」

「はい。こう……敵と当たった初めは、もやっと。されど途中から一気に」

孕石は右手の木匙《きさじ》でこちらを指した。

「そこに違いがある。おまえの武芸は戦向きだ。斬り結ぶに於いて滅法《めっぽう》強い。が、己がことばかり考えて戦場が見えておらぬ」

言ったきり、また粥を啜る。勘五郎は少し俯いた。

「……はい。何なりと罰をお申し付けください」

孕石は少し笑って、椀から口を離した。

「初陣の十六歳に罰など与えられぬわ。その代わりに」

こちらに向けられていた眼差しが、藤太に流れる。

「おい。名は」

「は？　へえ、藤太じゃけんど」

「おまえ、強いな。俺の知行から三貫やる。今日から飯沼藤太を名乗り、武士として孕石の家来になれ」

この人は何を言っているのか。思わず呆け顔になっていると、孕石は少し厳しい面持ちでこちらに向き直った。

「勘五郎。藤太を一人前の武士に仕立て上げろ。人の面倒を見るようになれば、今日の不仕末を招いた大本の間違いも、やがて直るだろう」

それだけ言って粥を平らげ、静かに立ち去った。

翌十二月十三日、武田軍は今川の本拠・駿府《すんぷ》を落とし、今川氏真は敗走した。これを機に、足利幕府《あしかが》一門の名家は滅亡の道を辿《たど》ることになった。

＊

元亀《げんき》元年（一五七〇年）夏、六月。甲斐国、巨摩《こま》郡。

勘五郎は走った。喜びが胸に満ち、破裂せんばかりになっている。顔を紅潮させ、息を弾ませて、ひとつの屋敷に駆け込んだ。

屋敷とは言っても、百姓家より少しはまし、程度の手狭なものである。粗末な門を抜けると大声で呼ばわった。

「藤太！」

右手、庭の片隅で薪《まき》割りをしていた藤太は、驚いて振り向いた。

「勘五郎殿か。どうした」

駆けどおしで整わぬ息のまま、満面に笑みを湛《たた》えて歩を進める。

「赤だ、赤だ、赤だ！」

「は？」

ぽかん、という面持ちが返される。焦《じ》れったい気持ちを声音に乗せて、勘五郎は捲《まく》し立てた。

「赤備えだ！　駿河を取って、天下だ！　山縣様の隊が増える。孕石様だ」

藤太は呆れ顔になった。

「落ち着いて話せ。何を言っているのか、やはり分からんぞ」

勘五郎は「ああ、もう」と頭を掻き、大きく二つ息をして説明した。

駿河を取った武田家は、ついに天下を取りに動き出す。そのために軍を改めて山縣隊が増えることになり、孕石備前が山縣寄子衆に組み入れられた。武田の者なら誰もが憧れる戦場の華、諸国に恐れられる赤備えの一員となったのだ。

「俺もだ。孕石様が、おまえも同心衆として共に来い、と」

途端、藤太の目は丸くなった。

「……良かったなあ。何年も稽古を積んだのが、報《むく》われたんだ」

感慨深げに言う。少し照れ臭く、勘五郎は小さく頭を振った。

「孕石様のお陰だ」

薩埵峠の戦いから一年半が経っていた。失態を演じた初陣ではあったが、孕石は、己の強さだけは認めてくれた。それゆえか、或いは父との縁ゆえか。どちらでも良かった。

藤太は屈託なく笑った。

「何でもいい。強くなりたいと言い続けて、最強の一員になったんだぞ。めでたいことだ」

ひたすら己のことを喜んでくれている。それは嬉しいのだが、分かっていない。勘五郎は軽く口を開き、また閉じた。藤太の前にしゃがみ、肩に手を置いて言う。

「孕石様が赤備えなんだぞ。つまり、おまえもだ。俺たち二人、武田最強の山縣隊だ」

藤太は無言であった。そのまま三つほど数えたところで右手の鉈《なた》を取り落とし、ぺたりと地に尻を落とす。

「ええ？　うらが？　何でだぁ」

「おまえが孕石様の家来だからに決まっているだろう。それから、言葉が元に戻っているぞ」

物言いについて窘《たしな》めると、藤太は軽く口を押さえ、然る後に咳払いをした。

「いや……だけどな、俺は武士になってまだ一年半だ。山縣様の隊は、騎馬じゃないか」

「おまえ、馬には乗れるだろう」

藤太は百姓の子である。畑仕事に使う馬に幼い頃から親しみ、意のままに操れることを勘五郎は知っていた。

「その上、強い」

そう言って微笑み、肩に置いた手を軽く握った。

じわり、じわりと藤太の顔が赤く染まっていく。少しずつ鼻息が荒くなっていく。

「おおおお！」

不意に藤太は叫び、両の拳で天を突いた。

「俺が、この俺が、赤備えだと？　武田最強の山縣隊だと？」

「そうだ。俺が、俺たちが赤備えだ！」

赤備えは具足を朱で彩った部隊で、当然ながら戦場では目立つ。敵将、弓矢、鉄砲、足軽、その全てに「俺を討ち取ってみろ」と力を誇示するのである。まさに戦場の華であった。そして鬼神と恐れられる山縣の隊ゆえに、姿を見せるだけで敵を震え上がらせるほどの力を持つ。

それが単なる栄誉でないことを、二人は承知していた。入道雲の迫《せ》り上がる青色濃い空に何度も「最強だ」と拳を振り上げ、赤備えの名に恥じぬ働きをせねばならぬと互いに誓い合った。

赤備えの具足は、自ら朱色に彩らねばならない。辰砂《しんしゃ》と呼ばれる顔料を使うのだが、これは日本では産せず、全てが唐土からもたらされる高価な品であった。知行三貫の藤太はもちろん、十二貫の勘五郎にとっても、諸々を切り詰めてようやく手に入れられる物であった。

もっとも、そういう物を使うだけに、具足を一色に染め尽くさねばならぬ訳ではない。目立つ場所に朱を配すれば済む。勘五郎は兜の鉢の部分と胴の前側だけを全て赤く染め、藤太は少しでも顔料を切り詰めるため、同じ場所を格子《こうし》状に彩った。

＊

元亀三年冬、十二月（一五七三年一月）。遠江国《とおとうみ》、浜松《はままつ》。

一斉に鬨の声が上がり、闇の中に点々と火矢の灯《あか》りが舞う。犀《さい》ヶ崖《がけ》の陣所を包んでいた静寂が喧騒に塗り替えられた。

「夜討ちだ！」

同心衆数名と連れ立って夜警番に出ていた勘五郎は、ひと声叫ぶと、皆と手分けして襲撃を報せに回った。

まずは上役の孕石を探したが、見つからない。藤太と同じ焚き火の傍にいたはずだが、点在していた焚き火も、火矢の燃え上がる灯りに紛れて見分けが付かなくなっていた。

次第に、敵方の鬨の声よりも味方の喚き声の方が耳にやかましくなった。

軍に於いては無駄口を利くべからず。武田の軍法も、不意の襲撃に晒された陣には十全な効き目を持たない。人が厳しく己を律していても、馬がこの襲撃を敏感に察すれば、人と同じようにはいかないのだ。騎馬の山縣隊はどうしても、騒ぎが大きくなる。慌てふためいた馬の嘶《いなな》きが、人の心まで崩してしまっていた。

「ええい……」

忌々《いまいま》しい、と自らの腿を殴り付け、北へと伸びる坂の上を見やる。焚き火は火矢に呑まれても、点在する陣幕はそれらに照らし出され、かえって分かりやすい。勘五郎は、そちらを指して走った。

「夜討ち、夜討ちにござる」

一町ほど坂を上り、中小の陣幕に向けて呼ばわる頃には、それらの中から寄騎衆が駆け出していて、狼狽《ろうばい》する寄子や同心をまとめにかかっていた。よし、と小さく頷いて、さらに坂道を駆け上がる。

それにしても、大勝の直後に、こうして夜襲を受けるとは思ってもみなかった。

五年ほど前から、天下の趨勢《すうせい》は将軍・足利義昭《よしあき》を奉じる尾張の織田信長に傾いていた。だが義昭は自らの傀儡《かいらい》たる身の上に憤《いきどお》り、信長を包囲すべく各地の大名を動かさんとした。武田も、そのひとつであった。

上洛して織田勢を一掃すべし――織田に代わって自らが将軍を傀儡と為《な》すべく、武田は動き出した。今川氏真を下し、甲斐・相模・駿河の三国同盟を自ら崩した武田家だったが、二年前から相模との関係修復を進めていた。昨年、北条の当主・氏康が逝去《せいきょ》すると、後継した氏《うじ》政《まさ》は家中領国の動揺を抑えるため、ひとつでも外患を除《のぞ》くべく和《わ》睦《ぼく》に応じた。

東を固めた武田家は、ついに駿河から西上の軍を出した。

だが織田の盟友たる徳川が、これを見過ごすはずもなかった。両者は遠江の三方《みかた》ヶ原《はら》で激突したが、戦は武田の圧勝だった。夕刻からわずか一刻で徳川家康を敗走させ、山縣の赤備えは本城の浜松まで追撃した。

このまま一気に城を落とすのか。誰もがそう思う中、山縣昌景は撤退を命じた。浜松城の門が開け放たれ、煌々《こうこう》と篝火《かがりび》が焚かれていたからだ。何らかの備えがあるやも知れぬ、まずはひと晩様子を見るべし、とのことであった。

あのまま浜松を攻めていたら、どうなったか。考えても詮《せん》ないことだ。

「山縣様！」

勘五郎は、呼ばわりながら陣幕を目指した。火矢に続いて鉄砲が響く。ぱらぱらと聞こえるぐらいの音で、数はそう多くないようだ。

最大の陣幕に駆け寄ると、左手、山肌の崖を滑るように下りて来た幾つかの人影があった。己が上役の孕石備前、その下の同心衆・飯沼藤太、花輪《はなわ》又三郎《またさぶろう》、北村《きたむら》源右衛門《げんえもん》である。

「勘五郎！」

孕石がこちらの姿を認め、駆け寄って来る。狼狽していないことを顔から読み取ると、満足げに頷いて問うた。

「おまえは夜警の番だったな。敵の数は」

「分かりませぬ。ただ……一度に飛んで来た矢は、精々が百ほどと見え申した」

「ふむ。だとすると……」

思案顔の孕石に、陣幕の内から声がかかった。

「三百だ」

最大の陣幕から、最小の背丈が歩み出でた。山縣昌景その人であった。

「こちらの陣所が狭い崖の上にあると知って、一矢報いに来たのだ。慌てるほどのことはない。が……」

山縣は難しい顔で腕組みをした。パン、パン、と銃声が聞こえる。

「鉄砲は五十ほどか。こう間近で響くと、慌てるなと言うてもな」

火矢と違って弾が目に見えぬ鉄砲には、どこからどう撃たれるか分からぬという恐怖がある。寄騎衆が懸命に収拾しても足りぬようで、陣の喧騒は未だ治まっていない。

「孕石。この者らは同心衆か」

「はい。手前から成島勘五郎、飯沼藤太、花輪又三郎、北村源右衛門にござる」

ふむ、と頷いて山縣は歩を進め、すっと手を伸ばしてこちらの股間を握った。

「な……」

いきなりのことに「何をなさいます」の言葉が出ない。山縣は、にやりと笑った。

「よし」

そうやって、ひとりずつ握っていく。四人全てに頷くと、面持ちを引き締めた。

「其方ら、誰ひとりとして縮み上がっておらぬ。されば孕石以下五人で敵を食い止め、獅子奮迅《ししふんじん》の働きで余の者を奮い立たせよ。わしは自ら、他の者を落ち着けに掛かる。戦える者からすぐ前に出すゆえ、気張って働くべし」

ざっと皆を見回し、山縣は藤太の腰を軽く叩いた。

「飯沼藤太。最もしっかりした、いちもつであった。其方が頼りだ」

藤太は少し身を震わせ、然る後にぐいと目元を拭った。

「必ずや！」

山縣の「行け」を合図に、孕石以下は死地に向かった。夜襲、それも山中の崖とあって、本来は騎馬の赤備えも徒歩であった。五人という数の少なさを逆に利し、火矢の出処を頼りに闇を突き進む。

同心衆を率いる孕石が、走りながら言った。

「精々、一町半ほどだ」

火矢は、人や馬を狙う訳ではない。陣所に届きさえすれば済むのだから、遠矢が届くぎりぎりの辺りを目処《めど》とするのが道理であった。鉄砲の音も未だ続いていた。が、今この場で考えに入れる必要はなかった。鉄砲の弾は三町ほど届くが、火矢の燃え広がった灯りを頼りに撃っているからには、陣から離れた五人を狙うことはできない。また、こちらが敵の弓隊、そして恐らく弓の前に出ているだろう徒歩に襲い掛かっても撃てはしない。暗がりに向けて無闇に撃てば、味方を損じてしまうからだ。

勘五郎は自らの右後ろを見やった。

「藤太、怯むなよ」

「当たり前だ。鉄砲が恐くて赤備えが務まるか」

いつにも増して肝の据わった声だった。

犀ヶ崖から山裾に向けて一町半の辺り、道を外れた木立の中が火矢の出処であった。その前の山道には足軽と徒歩の武者がひと固まりになっている。

「赤備え、見参」

孕石のひと声を合図に、皆が敵の徒歩に斬り込んだ。

藤太の働きは凄まじかった。左手の槍を横合いに薙ぎ払って数人を打ち据え、その一撃から逃れた者は右手の刀で喉元を貫く。孕石と鍔《つば》迫《ぜ》り合いをしている武士があれば、その者の頭を摑んで首を搔き斬った。

「赤備えだ……」

武田最強、山縣の赤備えが逆襲に出たと知り、敵に怖《お》じ気が生まれた。

勘五郎は一気に敵の真ん中に飛び込むと、腰の引け始めた者を左手で捕まえ、鎧で守られていないところに刀を突き込んだ。軽い傷を付けられただけで、転げるように逃げ出す。

そこへ藤太が襲い掛かった。逃がすものかと具足の草摺《くさずり》を摑み、引き戻して首を掻く。花輪と北村の二人も負けてはいない。駆け込んだ勘五郎を取り囲もうという健気《けなげ》な者があれば、その首を抱え、脇の下に刀を突き込んだ。

徒歩勢の動揺は弓隊にも伝わった。赤備えの名に怯んでいる。陣所への火矢がまばらになっていることからも、それは明らかであった。十人、十五人、二十人と勘五郎は斬り傷を付ける。肩で息をするようになった頃、ようやく少しの味方が駆け付けた。初めはひとり、二人、やがて五人、十人と増える。数に於いては未だ敵方に分があるが、戦場の勢いは完全に逆転した。

「退け、退けい！」

半町ほど向こうで声が響き、次いで馬蹄の音が遠ざかる。敵の徒歩も弓も、そして恐らく弓の向こうにいたのだろう鉄砲も、一斉に退いた。

ほぼ同時に、自陣から駆け付けた馬が嘶きを上げた。山縣であった。

「深追いするな。蹴散らしただけで良い」

最前まで鬼気迫る戦いを見せていた藤太は、この指示があると、ぴたりと動きを止めた。

山縣が皆の前に出て、力戦を労《いた》わった。

「皆々、ご苦労であった。其方らの働きにより、武田の命運は繋がれたのだ。追って御屋形様より褒美が下されよう。朱塗りの椀に、手ずから碁石金を盛ってくださるのだぞ。赤備えに任ずる者だけの栄誉だ。えい、えい、えい！」

「応！」

揃って勝鬨を上げる。山縣は、なお続けた。

「良いか。武田は天下を取る。赤備えは、そのための隊だ」

声を揃え、再び「応」の声が上がった。

ふと見れば傍らの藤太が、返り血で濡れた頬を涙で洗い流していた。

勘五郎は軽く背を叩き、高揚のままに囁《ささや》いた。

「藤太、嬉しいか。俺もだ。赤備えとしての働きができた。こんな木っ端が、天下取りの戦をしているんだ。武田の御屋形様よりも、褒美よりも、俺はそれが嬉しい」

しかし藤太は、ゆっくりと首を横に振った。

「山縣様に褒められた。俺は、山縣様のために……」

涙は未だ、止《と》め処《ど》なく流れている。くしゃくしゃの笑顔が輝いて見えた。

犀ヶ崖の戦いで武田方には二百ほどの損兵があった。だが全軍の三万という数を考えれば、損耗はないに等しい。ほぼ全軍を温存して遠江で年を越し、年明けの元亀四年（一五七三年）一月から二月にかけて三河の野田《のだ》城を落とした。

だが直後の三月十日、どうしたことか全軍の退却が決まった。理由は明かされなかったが、半年が過ぎて九月になる頃には、誰からともなく武田信玄の死が噂されるようになった。

＊

天正《てんしょう》三年（一五七五年）夏、五月二十一日。

長篠の戦いで武田は大敗した。退却を追い討ちされ、名のある将も多く討ち死にした。馬場信春、内藤昌豊《ないとうまさとよ》、小幡信貞《おばたのぶさだ》、土屋昌次《つちやまさつぐ》、数え上げればきりがない。戦乱の世を震撼《しんかん》させた鬼神・山縣昌景も、この戦で命を落としたのだ。

捕らえられ、縄を打たれて、徳川の本城・浜松の二ノ丸に引いて来られた。降人の扱いで集められた三百ほどの武士たちを囲むように、篝火が掲げられている。皆が縛られたまま座る列の間に、徳川の木っ端武者が歩を進めていた。

勘五郎は空を見上げた。戦の最中は晴れていたのに、今は曇って月明かりも遮られていた。

（赤備えが……）

最強のはずの山縣隊が負けた。強くなりたい、その一心で自らを磨き続けた身にとって、今できるのは呆けることだけだった。

「次。おい、うぬだ。名は」

居丈高《いたけだか》に声をかけられ、我に返った。

「……山縣三郎兵衛《さぶろうひょうえ》同心衆、成島勘五郎」

それだけ告げて口を噤《つぐ》んだ。向こうも、名だけ聞けば十分とばかり、手にした帳面に筆を走らせながら次の名を問うていた。

どれほど待っただろう。半刻か、一刻か。降人の前に歩を進める者があった。

「徳川家老、石川数正である」

白いものが混じった口髭にこけた頬、それは赤備えを壊滅させ、山縣を討った男であった。

「其方らの中には、四方を震え上がらせた赤備えの者もある。勇猛なる者を死なせたくない、それこそ我が主・徳川家康公のお心だ。ゆえに向後の道を選ばせて遣わす。すなわち、降《くだ》って徳川に仕えるべし。これからも己が力を世に示す道だ。明日、日の出までに決めよ」

仕えなければどうなるかは、聞くまでもない。斬首されるだけなのだ。

石川は三百の顔をざっと見回した。篝火に照らされた面《おもて》は、先の木っ端のように尊大なものを湛えてはいない。むしろ――。

思っている間に石川は立ち去った。それと同時に、周囲が軽くざわめいた。

勘五郎は背後の友に訊《き》いた。

「藤太、どうする」

「……勘五郎殿は」

自らはどうすると言わず、囁くような小声で問い返された。振り向いて答える。

「徳川に仕える。赤備えとしての意地を見せねばならん」

「……赤備えは、負けたんだぞ。鉄砲に」

勘五郎は静かに、しかし語気強く「違う」と応じた。

鉄砲の力など、とうに知っていた。それでも赤備えは勝ち続けていたし、この戦も初めは押していたのだ。

「数の差、それでなければ、挟み討ちに遭うような拙《つたな》い戦ゆえだ」

藤太はこちらの言葉こそ聞いているようだが、目を虚《うつ》ろに泳がせている。勘五郎は息を落ち着けて続けた。

「おまえも共に来い」

「断る。山縣様に……」

消え入りそうな声でありながらも、決然とした響きがあった。

孕石備前の家来、百姓と変わらぬ三貫取りの身の上なのだ。それが鬼神と恐れられた山縣に名を覚えてもらい、常に声をかけられてきた。殉《じゅん》じたいという気持ちも分からぬではない。

だが、藤太には何としても生き延びて欲しい。強くなりたいと願い、ここまで来られたのは、藤太と共にあったからこそだ。

「俺はな、藤太」

そこまでで、言いかけた言葉を飲み込んだ。己の思いが今の藤太に何ほどの力を持っていようか。苦い思いで目を閉じ、そして言い直した。

「山縣様が聞いたら、お怒りになろう。真の赤備えは、生きて帰らねばならん。ご最期に肩を貸し、耳元で言われたろうに。だからこそ藤太、俺と共に生きよう。赤備えが弱かったから負けたのではないと、徳川に示そう。それが山縣様への手向《たむ》けだ」

少しの沈黙の後、藤太の静かな嗚咽《おえつ》が聞こえた。絶望によって感じなくなった胸の痛みを、再び感じている。そういう苦しげな音色であった。

三　万千代

掛川城《かけがわ》の南にある小笠山《おがさやま》は、遠江の平野を東三分の辺りで分断している。北東遠くに聳《そび》える富士《ふじ》に比べれば小高い丘といったぐらいのものだが、山頂からは幾筋もの尾根が伸び、どれもが急峻な斜面を備えていた。東南に向けて伸びた尾根の先、鶴翁山《かくおうざん》にある高天神城《たかてんじん》は、遠江の四方に睨みを利かせることができた。

高天神城はかつて徳川の城であったが、長篠の戦いの一年前、天正二年（一五七四年）に武田勝頼が攻め落とした。難攻不落の城が落ちたのは、城主・小笠原《おがさわら》氏の一族から寝返りが出たためであった。

高天神城を制する者は遠州を制すると言われる。徳川の本拠・浜松まで五十里足らずの要害を押さえられたままにはしておけない。武田が一時でも勢いをなくした今こそ、奪還せねばならなかった。

徳川家康は奪還の拠点として、遠江岡崎《おかざき》城（三河の岡崎城とは異なる）の北西二里にある馬伏塚《まむしづか》城を改修した。高天神城からは、およそ十五里の西である。徳川に降った甲斐衆のうち、旧山縣隊の五十余を含む百二十はここに配された。

長篠での大敗から半年余り、天正四年の一月末となっていた。

遠江岡崎と馬伏塚は至近ゆえ、両城付き諸士の住まいは双方の城の間にあった。城下町というほどのものでもない。

勘五郎ら旧山縣同心衆は一律に知行四貫、家とて粗末なものである。

五、六人で一杯になる広間と板間がひとつ、屋根は茅葺《かやぶき》で、庭は猫の額ほどだった。庵《いおり》と言った方がしっくり来るような家は、胸ぐらいの高さの生垣で敷地を区切っていた。家の中からは通りが、通りからは家の中が丸見えであった。

朝餉《あさげ》の後、勘五郎は薪割りの最中だった。慌しい足音に目を向けると、生垣の向こうに見知った顔が駆けている。共に徳川に仕えることになった花輪又三郎だ。甲斐衆の粗末な家は一箇所に固められ、花輪と言わず誰と言わず、常にこうして行き来している。勘五郎はそちらを一瞥し、珍しくもない、と手元の薪に眼差しを落とした。

「勘五郎、おるか」

先の生垣から一丈（一丈は十尺、約三メートル）も右手、世辞にも門とは呼べぬ木戸の向こうから花輪が呼ばわった。右の膝を軽く叩き、勘五郎はそちらに向かった。

「おるかも何も、見えておるだろうに」

「見えるが、こういうのは礼儀だ」

融通の利かぬ奴だ。呆れつつ招き入れた。

「で、何だ。急ぎだろう」

「戦触れだ。馬伏塚付きの者は支度の上、二月一日を以て城に入れ、と」

勘五郎は「よし」と顔を引き締めた。花輪は少し当惑したように問うた。

「嬉しそうだな」

盟友の織田家が西で破竹の勢いを示す今、徳川にとっての敵は武田しかない。花輪は、それを言ったのだろう。勘五郎は、ぐいと胸を張って見せた。

「昨日の友が今日の敵となる。主家とて同じ、世の習いだ」

戦に討ち死には付き物である。ゆえに謀叛《むほん》の鎮圧や敵方の要人である場合を除き、降人を拒むことはまずない。そうしないと頭数が足りなくなるからだ。人の出入りは激しいのが当たり前だった。

花輪が「それで致し方ない」とばかりに頷く。勘五郎は言葉を継いだ。

「俺は強くありたい。主家が徳川に替わっても、それは変わらん。戦は望むところだ」

「皆がおまえと同じなら良いのだがな」

含みのある言い方に、苦いものを覚えた。花輪はなお言う。

「ともあれ、おまえにも戦触れの伝令を頼みたい」

旧山縣隊への各種の連絡は、かつての寄騎衆から寄子衆に伝えられ、そこから同心衆にもたらされる。勘五郎は孕石備前の下にある同心の半分、四人への伝令を請け負った。

薪割りを途中で放り出し、裏手の一軒を訪ねる。その隣、その向かいと戦触れを伝え、最後に残った一軒――藤太の家を訪ねた。生垣を挟んで庭を覗《のぞ》き込み、努めて平静に声をかける。

「藤太」

「……勘五郎殿か」

藤太は庭にしゃがみ、狭い庭の土をいじりながら、目を下に向けたまま返した。案内など請う必要もない。すぐ向こうの木戸を開けて中に入った。

「何をやっているんだ、それは」

「菜の花だ。草取りだよ」

そう聞いて、少し顔が強張った。長篠の戦いで山縣が死んだ時、誰よりも悲しんだのが藤太であった。

「おまえ、武士になったんだぞ」

硬い声音に藤太は顔を上げ、柔らかく微笑み返した。

「片手間にやるぐらいは構わんだろう。百姓の出だ。好きなんだよ」

真の赤備えは生きて帰る――山縣が唱え続けた赤備えの是に従い、

共に徳川に仕えると決めてくれたまでは良かった。だが、あれから半年以上が過ぎた今となっても、藤太は気の抜けたところを残していた。

勘五郎は小さく頭を振った。

「構わんが、その菜は食えんぞ。戦だ。二月一日には馬伏塚に詰める」

藤太の面持ちが、ややぎこちなく引き締まった。ゆっくりと言い聞かせるように、勘五郎は言葉に熱を込めた。

「……なあ藤太。おまえは元々、俺より強かったじゃないか。石川様が何と仰せになったか、覚えているだろう」

「これからも己が力を世に示す道……だったな」

藤太はまた下を向いて草を取り始めた。取り繕うような態度であった。

「ならば！」

大きくなったこちらの声を遮るように、藤太は小さく溜息をついた。

「前にも言ったが、戦には鉄砲も大砲もある。赤備えだって負けたんだぞ」

「ならば俺も、前に言ったとおりだ。皆が鉄砲の力を知りつつ槍働きを続けて、勝ってきただろう。負けたのは長篠だけだ。それに赤備えでなくとも、誰もが矢玉の飛び交う中に身を投じるのだぞ」

戦は未だ、個々の槍働きに依るところが大きい。鉄砲に怯んだ姿を晒すのは恥だという思いを込め、熱く語った。

藤太は顔を上げた。面持ちに幾らか渋いものを湛えている。

「勘五郎殿がひとり気張ったところで、何をどれだけ変えられる」

その言葉が胸の中を掻き毟《むし》った。徳川に仕えることを、藤太は未だ良しとしていないのだ。つい、危ういものを見る目になってしまう。

「……確かに、俺ひとりで何かを変えることなどできん」

これではいかん。小刻みに頭を振り、藤太の思いばかりを是としてしまいそうな自らの心を封じた。

「ならば思い出してくれ。子供の頃のことだ。俺がいじめられていたら、助けてくれたろう。俺は強くなって、おまえを助けたいと思った。そこは互いに変わっておらんだろう」

すがるような声音になってしまった。山縣の言葉だけではない、二人の仲があってこそ、曲げてでも徳川に仕えてくれたのだと信じたかった。

藤太は「はは」と笑い、また土に目を落として返した。

「案ずるな。戦には必ず出る。勘五郎殿と一緒にな」

俺たちはずっと変わらぬという意味だろうか。だが、どこか「察してくれ」と言っているような響きを湛えてもいた。

*

二月一日の夕刻、甲斐衆の百二十、および元から徳川の下にあった三河衆の百八十、合わせて三百が馬伏塚城に入った。

この城は一方の砦《とりで》といった程度のものだが、改修を加えて周囲を土塁で固め、堀を巡らしてあるあたりは中々に堅固な造りだった。南の堀に設《しつら》えられた土橋は畦道の倍ほどの幅、これを渡った虎口《こぐち》の内には本丸と西ノ丸がある。

三百の兵は本丸館の前に並んだ。三河衆は右手、甲斐衆は左手の列に固められている。それぞれ上位の者ほど前に並んでいて、勘五郎は孕石備前の後ろ、列の中ほどにあった。

ふと、左隣の藤太を横目に見やる。戦触れを知らせに行った日の、腑抜けた顔ではない。あれから五日経ち、気持ちを切り替えてくれたのだろうか。

居並ぶ武士どもの前に、館から桶側胴《おけがわどう》具足の将が歩み出でる。馬伏塚城主、徳川家康の旗本先手組・大須賀康高《おおすがやすたか》であった。

「皆々、良くぞ集まった。これより我ら、高天神城攻めの第一手を打つ。武田にとって高天神は諸刃の剣ぞ。北に掛川城、西に遠州岡崎城あり、我らが目と鼻の先に城ひとつだけ張り出しておるがゆえに領民を従えることもできず、兵糧には常に窮しておる」

糧道を断って北と西から圧迫すれば、遠からず高天神城は干上がると大須賀は言う。

「近々、武田の輜重《しちょう》が遠州に入ると、物見から報せが参っておる。これを阻んで城を干上がらせるため、我ら三百は明朝発《た》って高天神城を囲む。敵とて手を拱《こまね》いてはおるまい。必ずや攻め掛かって来よう。皆々心してこれを退けよ。敵の兵糧を焼けばなお良し、分捕れば最善だ」

ひととおりの説明を終えると、大須賀は「なお」と発して、続けた。

「此度《こたび》より、武田からの降人衆も戦に加わる」

三河衆の顔が、ばらばらとこちらに向いた。どの目も、どこか侮ったものを映している。惨敗して降った者に何ほどのことができようか、と。

勘五郎は口の中で呟いた。

「……見ていろよ」

数の違いで勝ったに過ぎぬ者に、元赤備えの強さを見せ付けてやる。思いながら睨み付ける目の端に、前に並ぶ孕石や旧寄騎衆の曲淵宗立《まがりぶちそうりつ》斎《さい》が映った。それらも三河衆に顔を向けている。きっと同じように嚙み付いていているのだろう。

大須賀は皆のそうした様子を知ってか知らずか、最前と全く変わらぬ口調で朗々と述べた。

「甲斐の者共よ、旧主が相手の戦なれど、今のお主らは徳川に仕える身だ。良いか。忠義、忠義であるぞ」

この言に、勘五郎はいささか呆れた。先の怒気に水を差された感がある。

「そんな」

そんなもののために徳川に降ったのではない。自らに向けた呟きは、左手にいる藤太の呟きで遮られた。

「安売りできるものか」

軽く眼差しを流す。藤太の顔はどこか「馬鹿め」と嘲《あざけ》っている風に見えたが、こちらの視線に気付くと、苦笑を浮かべて「ほれ」と軽く顎《あご》をしゃくった。大須賀は未だ、甲斐衆に向けて訓示を述べていた。致し方なく、正面に向き直って聞く。

大須賀は、かつて榊原康政《さかきばらやすまさ》と共に、酒井忠尚《さかいただなお》なる侍大将の下にいたという。が、この忠尚が家康に謀叛した。榊原と大須賀は謀叛に加担せず、家康にこそ従うべしと決めたそうだ。その忠義あってこそ二人は今や旗本先手組になっている――話のあらましは、そういうことであった。

勘五郎は、藤太に囁きかけた。

「大将は、俺たちも同じだと言いたいようだが……分かっておらん」

大須賀のように元々が徳川の陪臣《またもの》だった者と、他家から降った者を一緒にできるものか。降人は自らの働きで認めさせねばならぬのだ。

その思いに、囁き声さえ吐き捨てるようなものになった。ところが藤太は、少し黙った後で、ぽつりと漏らした。

「そうか。忠義……か」

納得しているのか。驚いて、頭ひとつ大きい顔を見上げる。にこりと笑みが返された。案ずるなと言われているようにも取れるが、友の心の動きを、勘五郎は測りかねた。

四半刻もの長い訓示の後で、大須賀は三河衆と甲斐衆のそれぞれに配置を告げた。甲斐衆百二十は徒歩として先手を命じられ、三河衆百八十は鉄砲三十、騎馬三十、徒歩百二十に分かれて後詰とされた。明日の日の出と共に城を発つゆえ、それまで甲斐衆は本丸南の虎口に詰め、三河衆は本丸の北東にある馬出し郭《くるわ》に詰めるように、とのことであった。

城の中にあって、野営と変わらぬ夜を迎えた。本丸のあちこちで炊煙が上がり、やがて月が傾き、静かに更けてゆく。

——ところが。

「夜討ち、夜討ちじゃ！」

堀の中に設えられた狭い土橋を駆け、交替で不寝番に立つ者たちが城内に駆け戻った。夜半の馬伏塚城が、俄《にわ》かな喧騒に包まれた。

旧寄騎衆がいち早く夜警番に駆け寄り、諸々を問う。勘五郎ら下の者はこれを拾いながら耳に入れ、支度を進めた。数はおよそ千、敵将は分からぬとのことだった。

聞くべきことを聞くと、曲淵が本丸館へ走り、しばしの後に大須賀の下知を仰いで戻った。

「門、閉めい。矢で応じよ」

それに従い、扉が閉められる。曲淵以下の二十がその内に並び、各々弓矢を取った。門を破られた場合に備え、狭い攻め口に殺到する敵を射る構えである。同じく旧寄騎の広瀬将房《ひろせまさふさ》は、やはり二十ほどを率いて櫓《やぐら》に走る。残りの者は門の両側、東西の土塁に登った。勘五郎は孕石備前に従って門の西側に登り、身を低くして敵に備えた。

そう待たせることなく、敵は馳せ付けた。夜陰の東、ずっと先の方にちらちらと見えていた篝火は、百も数えぬうちに城の南側と東側に広がった。

「馬、降りよ！」

四半里も離れていない辺りから響いた敵将の声に、東側の土塁に登っていた一団がどよめいた。

今の声には聞き覚えがある。勘五郎は右の肩越しに後ろを向いた。

「孕石様、これは」

「ああ。小笠原元成《もとなり》殿だな」

小笠原元成は、かつて徳川家に仕えて高天神城にあったが、一年半前の攻防の末に降伏した。降ってからは武勇を買われ、山縣寄騎衆に取り立てられていた。

孕石は呻《うめ》くように続けた。

「武田の御屋形様は、やはり傑物よな。こちらに赤備えの生き残りがいると知って……」

山縣昌景に「猛々《たけだけ》しい気性を御しきれぬ」と評された勝頼だったが、騎馬を率いては先代の信玄を超える猛将であった。さすがに戦の勘所は押さえている。

勘五郎は東の土塁を見やった。

「あちらは……大丈夫でしょうか」

「分からん。我らにできるのは、戦うことのみ」

ほどなく、敵の一団から火矢が飛んで来た。多くは土塁に阻《はば》まれて堀に落ちるが、二つ、三つと頭上を越えて行くものもある。門の内に控えた曲淵の手の者が駆け寄り、踏み消していた。

勘五郎は、そして他の皆も、火矢の合間を見計らって身を起こし、矢を放った。土塁の上には篝火がない。敵側の灯りを頼りに皆で矢を放つものの、二、三度のうちにひとりか二人を射抜くのが精一杯であった。

「甲斐衆！　自らの身を盾にしてでも支えるべし。忠義を見せよ」

後方で響く声は大須賀か。確かに、そういう命の捨て方も忠義のうちだろう。しかし、と勘五郎は歯を食い縛り、立て続けに矢を射た。

こちらが敵の矢の合間を狙うなら、敵もこちらの合間を狙う。応酬を続けるうちに、火矢の炎が土塁に突き刺さるようになった。

勘五郎は、左隣で矢を射ている藤太に声をかけた。

「敵が寄せている。登って来るぞ」

「ああ……」

戦の最中だと言うのに、どこか力のない声だった。大丈夫なのか、と目を向ける。顔つきは引き締まっているが、何かを考えている風だった。勘五郎は釘を刺した。

「戦って勝ち、生きて帰るのが強い者だ。俺はそれだけ考える。おまえも余計なことは考えるなよ」

「分かっている。俺は勘五郎殿を守ることだけ考えよう」

その言葉は最前と違い、力強いものであった。勘五郎は「うん」と頷いて敵に目を戻した。

土塁に刺さった火矢の灯りで、堀からよじ登って来る兵が目に入るようになった。もう弓矢ではあるまいと傍《かたわ》らに置き、刀を抜いて身を伏せた。

自らが属していた時と変わらず、武田軍は静かに動いていた。が、それでも土塁を登ろうと踏ん張るたび、足音はする。振動も伝わる。少し、また少しと近くなる。

「来るぞ」

誰に言うとなく呟き、身を小さく縮める。敵兵が四尺の向こうに手を掛け、土塁の上に身を晒した。

「ふんっ……」

いつものように鼻息ひとつ、弾かれたように身を起こすと、敵の目を狙って刃を突き込む。暗い中で正確に目を穿《うが》つことはできなかったが、それでも切っ先が眉間を強く叩いた。

敵兵は「あっ」とひと声上げると、そのまま下に落ちた。がしゃ、ぐしゃ、という音は、続いて登って来た者にぶつかったのだろう。短い叫び声と堀に落ちる水音は、いくつもあった。

藤太は――。

左手を見ると、同じように敵を叩き落としている。安堵して、勘五郎はなお、よじ登る敵を退けた。皆が奮戦し、一兵たりとも西の土塁を越えさせなかった。

だが東の土塁は違った。最前、小笠原元成の声にどよめきを上げたのは、かつてその下にあった者たちだろう。動揺を見せた者の応戦は否応なく鈍り、敵の侵入を許そうとしていた。

「射よ」

門扉の内で声が響く。ちらりと目を遣れば、曲淵率いる二十ほどが少し東側に寄って、一斉に弓の弦を弾いていた。ひゅっ、と鋭い音が立て続けに上がり、土塁に登った敵が、ひとり、またひとりと射抜かれていく。

今少し奮戦していると、西側の土塁に取り付こうとする者が少なくなった。その分、東側への攻めがきつくなったようにも見える。勘五郎は孕石に向いた。

「加勢した方が、良くはございませぬか」

しかし返答は「ならぬ」であった。

「東に加勢すれば西が手薄になる。その隙を衝かれたら何とする」

「されど、このままでは」

不意に孕石が立ち上がり、刀を振るった。その先には敵兵が登って来ていた。

「ならぬ！」

一喝と共に敵を斬り捨てると、孕石はまた身を伏せた。従わざるを得なかった。

このままでは負ける。

苛立ちながら戦うこと、どのぐらいか。城外、東の野に鬨の声が上がった。人の足音、馬の蹄音、それらが生む地響きが近付いて来る。本丸北東の馬出し郭から出た三河衆が敵の横腹を襲ったものであった。

「退却だ。退け！」

小笠原元成の声が響き、門の前から馬蹄の音が遠ざかって行った。

＊

東の空が白々と明け始める。城主の大須賀が出した物見が戻り、小笠原元成隊が城の北東五里の辺りに野営していることを報せた。ただし、数は昨晩の千から半減して五百ほどだそうだ。城攻めには通常、城兵の三倍から四倍を要する。馬伏塚城の数は二百七十余に減っていたが、敵が残した数を見る限り、再度攻められることはなさそうであった。

ただし、城攻めがないという話に過ぎない。こちらが動けば、きっと小笠原隊の五百は応じる。つまりは高天神城に向けた輜重を妨げられぬよう、押し込められたのだ。

夜討ちを退けて後、旧赤備えの面々は虎口の内に固まっていた。誰も言葉少なで、門の東の土塁を守っていた者たちに至っては、多くがうな垂れていた。勘五郎は皆の姿に溜息をついた。

やがて朝日が東の空を滲《にじ》ませた。雲は黄金《こがね》に染まり、波打って落ち窪んだところは薄黒い陰を湛えている。見上げていると、あれが空なのか地の底なのか分からなくなった。

その中を近付く足音がある。城主・大須賀康高が本丸館から歩を進めていた。曲淵宗立斎や広瀬将房ら、旧山縣寄騎衆が立ち上がって頭を垂れた。

「昨晩の戦、不細工な仕儀と相なりました。申し訳次第もございませぬ」

曲淵が詫びると、大須賀は軽く頷いて返した。

「致し方あるまい」

言葉だけなら鷹揚《おうよう》だが、その響きは「おまえらに何ができる」とでもいうような、何とも小馬鹿にしたものであった。

「以後、守りに徹すべし。そうせざるを得まい。未だ、徳川の者になっておらぬと見えるしな」

大須賀は去って行った。最後のひと言は、大きな溜息に混ぜられていた。

勘五郎は思わず腰を浮かせた。傍らの孕石が、こちらの右肩に手を置いた。

「座っておれ」

ぐい、と力を込めてくる。勘五郎はそれに従って、浮いた腰を落とした。背を丸め、右の拳で地を叩く。

「孕石様は、口惜しくはござらぬのですか」

孕石は、なお静かに返した。

「口惜しがって、どうなる」

正面でずっと下を向いていた藤太がさっと顔を上げた。

「おかしいでしょう。かつて元成殿の下にあった皆が士気を損じたとて、当たり前です。それでも戦って城を守ったのに、労《ねぎら》うどころか愚《ぐ》弄《ろう》されたのですぞ。こんな扱いで、どうして忠義など示せますか」

降ってからずっと、藤太は何かを考え続け、心ここにあらずという風だった。しかしこの言葉は違った。武田家、山縣昌景の下にいた頃と同じ声の張りがある。

勘五郎は藤太の顔を見て「ああ、そうか」と思った。軽く頷いて孕石に向く。

だが、口を開こうとしたところを、その孕石に遮られた。

「我らの戦いは半端だった。敵を退けたのも、三河衆であろう。それは動かし難い」

開きかけた唇が小さく震えた。確かに孕石の言うとおりだ。だとすれば――。

「口惜しがるところが違う、と仰せですか」

孕石は是とも非とも言わない。勘五郎はなお問うた。

「俺たちは赤備えの名も、最強の名も失い、何の期待もされなくなった。そのとおりの働きしかできぬ……名ばかりか、実に於いても木っ端に成り下がった自らを恥じよと仰せですか」

「黙れ」

勘五郎は決然と頭を振った。

「黙りませぬ。俺は強くなりたい一心で自らを磨いてきた。赤備えに加えていただき……。徳川に降ったのも、石川様が仰せだったからです。これからも己が強さを示すためだ、と」

「黙れと言うておる」

「いいえ！　皆々、口惜しくないのか。このままでは、我らは徳川の中で埋もれてしまう。曲淵様、広瀬様も、それで良いのですか。かつては最強と恐れられ、戦場の華と謳われた身が、二度と日の目を――」

「やかましい！」

峻烈な一喝で、言葉を飲み込んだ。

孕石は少し後悔したような面持ちで、軽く顎をしゃくった。

「だったら、どうする」

「……我らの強さを示したいのです。赤備えの名をなくしても、強ければ身を立てられる。少なくとも、大須賀様を納得させる働きは見せねばならんでしょう。夜討ちをやり返すぐらいのことは、してやりたい」

孕石は眉尻をぴくりと動かしただけだった。曲淵や広瀬に至っては渋面を湛えている。敵がこちらを城に押し込めようとしている以上、下手に動くことはできぬと、顔に書かれていた。

沈んだ空気の中、皆で朝餉の支度をした。戦場の飯に旨い不味《まず》いを言っても仕方ないが、特に不味い飯であった。腹を満たすと、昨晩の眠りが足りないのを補うため、交代で眠った。

「起きよ」

目を閉じてから、一瞬の後のようにも思える。軽く肩を揺すられ、勘五郎は目を覚ました。孕石であった。曲淵と連れ立っている。身を起こし、胡坐《あぐら》をかいて一礼した。

「御用ですか。何なりと」

顎の張った顔で曲淵が苦笑混じりに言った。

「我らと共に来い」

返答を待たず、二人は背を向けて歩いて行った。何が何やら分からぬが、来いと言われて従わぬ訳にもいかず、慌てて後を追った。

連れて行かれた先は本丸館、大須賀の元であった。曲淵と孕石が並んで座り、勘五郎はその後ろに控えた。

「夜討ちの仕返しを、進言いたします」

曲淵の渋く割れた声が響く。勘五郎は目を丸くした。

驚いたのは大須賀も同じだったようだ。忌々しそうな面持ちで、咎《とが》めるように返す。

「馬鹿なことを。武田方が五百を残したのが何のためか、分からぬのか」

孕石が、これに応じた。

「重々、承知しております。されど今のままでは、我ら馬伏塚衆は殿……家康公のご下命を果たせぬこととなりましょう。それは不忠に当たります」

「下手に兵を動かせば、この城を失うやも知れぬ。不忠を重ねることになるのだぞ」

するど曲淵は、からからと笑った。

「無論、承知。城を守る者は必要でしょう。されば夜討ちは、我ら甲斐衆のみで行ない申す。大須賀様と三河衆は城に籠もり、我らがただの降人でないことを見物なされるがよろしい」

唖然《あぜん》として、口が半開きになった。曲淵と孕石は喧嘩を売っている。

大須賀もそれを理解したのだろう、顔を朱に染めて怒声を発した。

「たわけが！　さては甲斐衆のみでの夜討ちを名目に、武田に帰参せんとするか。成り行きとはいえ主家を替えたなら、忠節を誓うが武士たるものぞ。認められぬ！」

曲淵は深々と頭を垂れた。

「不甲斐なき姿をお見せした恥を雪《そそ》がんと思うたのですが……致し方ございませんな。次のお下知を待ちましょう」

曲淵と孕石は、あっさりと引き下がって座を立った。勘五郎は終始、二人に従うのみだった。

持ち場へと歩を進める中、前を行く二人は無言だった。勘五郎は声を小さく詫びた。

「申し訳ござりませぬ。俺の愚かな進言で……」

すると二人は歩を止め、それぞれ半身にこちらを向いた。

曲淵が、にやりと笑って小声で応じる。

「馬鹿め。おまえが言うだけなら、聞くものか」

「は？」

ぽかんとしていると、孕石が含み笑いで言った。

「元成殿の下にあった者たちが揃って、夜討ちをしたいと言うて来たのだ。おまえの血気を目の当たりにして、いささかでも応戦の気が鈍ったことを恥じたのだな」

「皆が……。そうですか」

曲淵は小さく頷く。

「生き残った甲斐衆は百ほどだろう。元赤備えに至っては、その半分だ。これっぽっちの数、一枚岩にならねば何もできぬ。が……今なら夜討ちも面白い。支度しておけよ」

「ええ？　しかし、その……大須賀様はあのように仰せでしたが」

「知るか」

これまでの小声とは打って変わって、曲淵は豪快に笑う。孕石が釘を刺すように言い添えた。

「だが、大須賀様の鼻を明かすためではない。必ず夜討ちを成し遂げて、徳川家の面々に、しっかりと我らの強さを刻み付けるのだ」

勘五郎は、ぱっと眉を開いて「はい」と頷いた。

＊

甲斐衆はその晩、自らが南の門を固めているのを良いことに、城から打って出た。三河衆の目はあるが、それらの持ち場は城の北東、馬出し郭である。しかも夜更け、わずかな不寝番を立てているのみとあって、阻まれることはなかった。

月が沈んだ後の闇に、百人が疾走した。

許可なく城を出たことは、すぐに大須賀の知るところとなる。武田への帰参を企《たくら》んでいると見られても仕方なく、やがて三河衆に背後を衝かれるのは必定《ひつじょう》であった。

だが支度には時がかかる。皆を起こして隊を整え、誰が追撃する、誰が城に残って守るという手筈《てはず》を決めねばならぬ。概《おおむ》ね半時ほどか、それだけあれば十分であった。五里——三十町を走るには、半刻（一刻は約三十分）もあれば足りる。

槍を手に走る勘五郎の隣には、やはり藤太の姿があった。昨晩の戦いでは何かを考えながらという顔だったが、今宵《こよい》は違う。何とも嬉しそうであった。

「吹っ切れたか」

声をかけると、藤太は小さく笑って首を横に振った。

「強さを示せば、大須賀様の下ではなくなるかも知れん」

そういうことかと、思わず吹き出した。二人はまた前を向いて走った。

ほどなく敵陣の篝火が目に入った。先頭は勘五郎ら同心衆、後ろには孕石ら寄子衆が続く。隊を指揮する曲淵宗立斎が、低く響く声で最後尾から呼ばわった。

「不寝番を討って踏み込む。眠りこけている者を、声を上げる間もなく斬り捨ていかかれ!」

皆が無言で闇を駆ける。敵陣の夜警が、こちらの足音に気付いて声を上げた。

「夜討ち、夜……」

藤太が飛び出して猛然と刀を振るい、ひとりの喉を叩き斬った。

だが、こちらの手に掛かる前に夜討ちを報せる者も相応にある。武田方は一大事とばかり応戦したが、昨晩は無駄口を利かなかったのに対し、今宵は狼狽して蜂の巣を突ついたような騒ぎになっていた。

討ち取れぬまでも、戦意を挫いて勝つのが勘五郎の身上である。敵が乱れている中、そのやり方は最も有効であった。

そして――。

乱戦の中、広瀬将房の姿を認めた。

「広瀬様」

「成島か。どうだ」

勘五郎は、弾む息で力強く返した。

「この兵ども、鍛錬が足りぬものと思われます」

これほどの大騒ぎになるのが、その証《あかし》だった。たとえ奇襲を受けても、無駄口が武田の軍法に触れることに変わりはない。長篠の戦いで失った将兵の代わりを雇い直したままでは良いが、場数を踏んでいないのだ。

「武田の中で、赤備えの心は……死んだか」

広瀬は一面で寂しそうに発し、しかし瞬時にその思いを振り払って曲淵に呼ばわった。

「二百を斬って退くべし！」

十間も向こうで曲淵が「二百を斬って退け」と復唱した。

如何《いか》に奇襲とはいえ、やはりこちらは百、敵は五百である。長居して戦い続ければ、きっと多くを損じよう。五百のうち二百も削いでやれば、この陣は馬伏塚城の押さえとしての用を為さなくなる。それで十分であった。

奮戦すること一刻と少し、目的を達して、さっと退く。武田方は追って来なかった。

五里の帰路を懸命に駆けていると、南西から馬蹄の音が近付いて来る。恐らくは馬伏塚城から出た三河衆の騎馬であろう。

しばし駆け、黒塗り具足の一群と行き当たる。数は騎馬二十、徒歩三十ほどか。甲斐衆は足を止め、一斉に跪いた。

先頭の曲淵が、大声で発する。

「我ら、敵陣に夜討ちをかけ申した。敵陣五百のうち二百を削いで参りましたぞ」

三河衆がこれを聞いてざわめく中、大須賀が後方から馬を進めた。

「其方ら……。下知を無視するとは、何たることぞ」

「如何なる罰をも覚悟の上。赤備えの生き残りは、己が力を示して誅《ちゅう》されるなら満足にござる」

頭を垂れたままの曲淵に、大須賀は口を噤む。そしてしばしの後、長く嘆息した。

「仕損じていたら……。甲斐衆の全員に、百日の謹慎を命ずる」

曲淵は「おや」と顔を上げた。

「斬首ではござらぬのか」

「首は取らん。ただしこの夜討ちは、わしの下知によるものとする」

大須賀は忌々しそうに吐き捨て、馬首を返した。

勘五郎は頭を垂れたまま憤った。自らは何をすることもなく、手柄だけそっくり奪おうと言うのか。左手では、藤太が諦めたように息を吐いた。さもあろう、先の戦いで藤太が考えたであろうことを、今の己は胸に満たしている。

次第に空が白んでいく中、勘五郎は鬱々としながら馬伏塚城に帰還した。百で打って出た甲斐衆は、九十までに減っていた。

城門前に至ると、五、六の騎馬があった。目を凝らして見るが、大須賀が出したものではないらしい。中央の馬に乗った偉丈夫は、長大な天衝《てんつき》の前立て、金を配した仏胴《ほとけどう》具足を着け、大須賀よりも華美な出で立ちをしている。

「万千代《まんちよ》か」

大須賀が十間の手前から声をかけた。万千代と呼ばれた男は、応じて馬を寄せる。近付くにつれ、風貌《ふうぼう》が明らかになった。

馬上ゆえはっきりとは分からぬが、背丈は六尺ほどあろうか。恰幅《かっぷく》良く、吊り上がった眉と目は癇の強さを思わせた。そして何より、若い。見たところ十五、六だろう。

万千代は大須賀に馬上で一礼すると、太い声で発した。

「敵方の夜討ちを受けたと聞きましたが、これは？」

大須賀は少し言いにくそうに返した。

「夜討ちの仕返しよ」

万千代は、じろりと見据えて返す。

「殿へのご報告に、左様なことはなかったはずです」

「戦場のことだ。無断で行なうこともある」

ふむ、と頷いて万千代は問うた。

「念のためにお伺いいたしますが、大須賀様のお下知にござりましょうや」

「然り。全てわしの独断だ。如何なるお叱りを頂戴《ちょうだい》しても構わぬ」

勘五郎は「あっ」と口を開けた。そして、自らを恥じて俯いた。

「なあ藤太」

左に並ぶ友に囁いた。

「徳川も、捨てたものではないかも知れん」

「……そう、だな」

返される囁きも、恥じた風であった。

隊の前では、引き続き万千代と大須賀が問答をしている。

「後ろに続く者どもを見る限り、夜討ちは功を奏したのでしょう」

万千代の問いに、大須賀は大きく頷いた。

「いかにも。此方《こなた》を窺っていた者ら、五百のうち二百ほどを削いだ」

「然らば、お咎めはありますまい。さすがは大須賀様です」

「働いた皆を褒めてやって欲しいと、殿に伝えてくれ。ところで、其許《そこもと》がこれにある訳は？」

問いに答えて、万千代は胸を反らせた。

「伝令にござる。殿が御自ら動かれ、芝原《しばはら》に陣を敷きまする。以後、高天神のことは任せよとの仰せです」

「おお。殿御自らのご出馬は有難い限りじゃ。此方も相応に兵を損じておるのでな」

大須賀が言うと、万千代はざっと一団を見回した。

「城には百二十ほど残っていた。つまり馬伏塚には今、総勢で二百五十か六十と言ったところですな。そこな徒歩どもは、甲斐衆でしょうか」

「そうだが」

万千代は何を言うこともなく、こちらを眺め回して「ふふん」と鼻で冷笑を加えた。あまりにも冷たく、しかし、もうひとつ何か含むような眼差しに射抜かれる思いがした。

「相分かり申した。殿には左様、お伝えいたしましょう」

静かに残し、万千代は立ち去った。

「大須賀様、あれは」

曲淵が問う。大須賀は肩越しに、少し嫌そうな面持ちを寄越《よこ》した。

「殿の小姓《こしょう》で、井伊《いい》万千代と言う。八介《はちすけ》のひとつ、井伊介《いいのすけ》の出だ」

名家の出か、と勘五郎は小さく鼻息を抜く。

大須賀の顔を見る限り、井伊は年嵩《としかさ》の家臣に快く思われていまい。

甲斐衆に向けた目も、明らかに見下していた。大須賀の度量を見た後だけに、何とも気に入らなかった。

だが、それだけではない気がする。胸にもやもやと残る感覚が気色悪くて、ごくりと唾を飲んだ。井伊の眼差しに垣間《かいま》見えたのは、いったい何だったのだろう。

「さあ、戻ろうぞ」

大須賀の号令で、一行が虎口を通り抜けて行く。甲斐衆の先に立って城に入る三河衆を眺めているうちに、勘五郎は「おや」と首を傾げた。

「あっ」

喉から驚きの声が滑り出た。霧が晴れた思いであった。三河衆の具足は綺麗なままで、返り血に汚れた甲斐衆とは様子がまるで違っていた。井伊の目に映った「もうひとつ」は、これではなかったのか。

あの微妙な面持ちには、見下すのとは別に、うっすらと笑みが滲んでいたようにも思える。下郎が味な真似をする、とでも言いたかったのかも知れない。だとすれば、大須賀の下知による夜襲ではないと見抜いていたのだ。それでいて大須賀の顔を立て、粛々と帰って行った。

「井伊万千代……」

朝日の差す中を城へと進みながら、勘五郎は呟いた。

その後、家康は掛川にほど近い芝原の地へ出陣し、高天神城を牽制《けんせい》した。武田勝頼は輜重を送ることができず、付近に砦をひとつ築いて兵糧を入れ、戦うことなく帰って行った。

＊

駿河から遠江にかけて、徳川・武田の争いは二年に亘《わた》って続いていた。時に徳川から攻めることもあったが、武田が攻める方がずっと多かった。徳川ではその度に応戦して退けたが、どの戦も小競《こぜ》り合いばかりで、決着を付けるには至っていない。

大須賀康高に従って、勘五郎も何度かこの迎撃戦に出向いた。かつての主家と戦うことに全く躊躇《ためら》いがないと言えば嘘になるが、向背常ならぬ戦乱の世では、諸々の動静によって主家を替えるなど当たり前のことである。強くなりたい、強くありたいという心の是は、次第にそうした迷いを拭い去っていった。

天正六年（一五七八年）に入ってから、武田の攻撃は小刻みかつ執拗になった。如何なる訳があるのかは知れぬ、しかし徳川家にとって見過ごすことのできぬ話であった。

家康は高天神城の南西八里に横須賀《よこすか》城を新造して睨みを利かせると、自身は三月七日、本城の浜松から掛川城に移り、翌八日には総勢三千で大井川《おおいがわ》に陣を敷いた。駿府の南西二十余里にある田中《たなか》城を攻めるためであった。遠江と駿河の国境に近い田中城を落とせば、厄介な高天神城との連絡を断つことができる。

旧山縣隊を含む甲斐衆は、この戦を以て大須賀の下から外れ、石川数正の下に置かれた。隊や組織を再編するなど、刻々と変わる情勢の中では日常茶飯事であった。

三月九日、勘五郎は大井川、石川の陣で整列していた。

「石川様か」

ぼそりと漏らすと、左隣で藤太が返した。

「せっかく大須賀様の下にも慣れたというのに」

前を向いたまま応じる。

「それは構わん。むしろ俺は、こちらの方が気持ち良く働ける気がする」

「石川様が家老だからか」

「そういうことじゃない」

すると藤太は、やや面白くなさそうな声を出した。

「石川様のためなら、働き甲斐があると?」

勘五郎は小さく首を振った。

「それも違う」

自らの力を示せ――石川のひと言が、徳川に仕えることを決断させた。元赤備えの戦いを見せれば、大きく認めてくれるだろうと期待している。

「されど……全く違うとも言い切れんか」

そう言ってくれた人だからこそ、という気持ちも確かにあった。勘五郎は藤太に目を遣り、少しばかり照れながら微笑んだ。

「おまえではないが、な」

藤太は、いくらか納得したようであった。

ほどなく、七百の徒歩勢が並ぶ前に石川が進み、ざっと全体を見回して声を上げた。

「この戦、我ら石川隊が先陣を命じられた。田中城には武田一門・一条信竜《いちじょうのぶたつ》の千がある。これを城外に誘き出すのが我らの役目だ。そのために、青田刈りを行なう」

時は三月、未だ百姓は田植えを行なっていない。していたとしても、ごくわずかである。つまりは苗代《なわしろ》を潰すということだ。

藤太が、腹立たしいとばかりに漏らした。

「気の進まん話だな。百姓を何だと思っている」

田を荒らされて支配地からの年貢が期待できなくなれば、城は干上がる。そして、同時に百姓も干上がるのだ。それを嫌うのは百姓上がりの男ならではか。しかし勘五郎は、前を向いたまま小声で応じた。

「上にやれと言われたら、やるのが武士だ」

得心できぬような、細く長い息づかいが聞こえた。勘五郎はなお言った。

「大丈夫だ。そう荒らさんうちに出て来る」

干上がると分かっていて、黙って見ているはずもないのだ。藤太は「致し方ない」とでも言うように「ああ」と発した。

石川の訓示は、大須賀のものと比べて格段に短い。青田刈りをして敵を誘き出す、その敵と戦って出足を止める、味方の騎馬が横合いから敵を襲う、敵が退いたら追撃する、その手順を説明するだけであった。実直かつ簡潔で好ましい。

「――なお此度の戦から加わる甲斐衆に申しておく。長篠の戦いで降ってから、そろそろ三年だ。既に其方ら、身も心も徳川の者となっているると期待しておるぞ。かって我ら徳川家が恐れた山縣赤備えの者どもよ、己が強さを示すべし」

ぐっと拳を握って武者震いする。が、少し気懸かりがあった。藤太である。先に言っていたとおり、ようやく大須賀の下に慣れた矢先に配置を替えられたのだ。快く思ってはいまい。

顔を向けると、藤太はすぐに気付いてこちらを見る。目つきから胸の内を読み取ったようで、苦笑混じりに「大丈夫だ」とだけ言った。

「然らば参るぞ」

号令に応じて皆が後ろを向き、最後尾だった足軽衆が先頭になる。

十人の足軽五列の後ろに、同心衆と寄子を合わせた十人の列が三つ続く。最後尾では石川寄騎衆のひとりが指揮を取る。これをひと組とした全七手が続々と進発した。石川数正は寄せ手に加わらぬ百四十ほどを従え、後詰として動く。七百の徒歩勢は、大井川の陣から北東に十二里ほどの田中城を指した。

青田刈りは戦の手段だが、此度のように敵を挑発するのが目的なら、城の近くで行なわないと意味がない。そのため田中城まで一里足らずの瀬戸川西岸に至るまでは、特に何もせず一刻を走った。

晩春、すっかり草深くなった野が青く、その中に自生している菜の花らしき黄色が風に揺れていた。青と黄色が半里も続く向こうには、黒い土の色が目立つ。手入れされた農地であろう。それは時折きらきらと陽光を跳ね返し、苗代や、植え付けの支度が済んだ田だと分かる。

ちらほらと青い物が見えるが、夏場の勢いに比べて未だ多分に頼りなかった。

石川は、その辺りで兵を止めた。徳川の兵が向けられたと知ってか、百姓衆は誰も田畑に出ていない。或いは近所の寺社に逃れているのかも知れぬ。

「見よ。田中までは一面の田圃《たんぼ》だ。遮る物は何もなし、我らの行いはすぐに敵の知るところとなろう。掛かれ」

足軽が槍を置き、皆で前に出た。

半里の先にある田に至ると、苗代を踏み荒らし、あと少しで仕上がろうという苗を抜いて、天高く放り捨てた。苗の植え付けを前に水を引き入れた田があれば、土を入れ、石を投げ込む。白昼堂々の青田刈りを続けると、半刻もせぬうちに田中城に動きが出た。

「来たぞ。敵が近付くまで、散々に見せ付けよ」

総勢が泥にまみれながら、田を荒らし続けた。やがて敵方の徒歩勢三百ほどが、川の対岸へと突き進んで来た。

「よし。半里退け」

石川の声に従い、皆が嬉しそうに喚き散らして川沿いから離れた。

瀬戸川は、狭いところでは幅が五間にも満たない。いきり立った敵兵は、そうした浅瀬を選んで猛然と押し寄せた。

先に足軽が槍を置いたところまで戻ると、石川隊は列を整え直して敵に備えた。

「迎え撃て」

敵が四半里まで近付いたところで、石川の大声が響いた。七手の徒歩組のうち、先手の三つが横に並んで前に出た。勘五郎はその三手のうち、真ん中の組にあった。

「おおおおっ！」

「い、やあ！」

「それ！」

斬り結ぶに当たって、周囲の三河衆が一斉に喊声《かんせい》を上げた。徳川に従うようになってから何度も小競り合いの戦に臨んでいるだけに、こうだと承知してはいるが、静粛を旨としていた武田の戦い方とは全く違う。騒がしい中での戦いだけは、どうにも慣れなかった。

双方先手の足軽が、互いに長槍を振り下ろして叩き合う。勘五郎らはその中に駆け込み、いつものように槍を振るった。

向こうは三百、こちらは七百である。二倍以上の差があるのなら圧倒して然るべきなのに、そう時の経たぬうちに戦いは拮抗《きっこう》するようになった。

(どうしたことだ)

驚き、また苛立って周囲を見回す。そこに敵の足軽が襲い掛かった。

「うぬっ」

呻き声ひとつで振り下ろされた槍をひらりとかわし、勘五郎は自らの槍を突き出す。穂先で相手の手首を引っ掛けて軽く手傷を負わせるのみ、いつもどおりだ。悲鳴を上げて膝を折る敵足軽の向こうに、味方の戦う様子が見えた。

左翼を固める三河衆は、士分も足軽も一緒になって、ひとりの木っ端武者を五、六人で囲んでいた。しかもご丁寧に止《とど》めを刺し、首まで取っている。

「ちっ……」

勘五郎は軽く舌打ちをして、右前から迫る敵兵の槍を叩き払った。

山縣の赤備えでは、味方を助ける場合を除き、ひとりの相手に四人以上で掛かることはなかった。大勢が一箇所に群がっては、必ず手薄な場所が生じるからだ。数の利に胡坐をかいているのか、三河衆は戦場の勇というものを履き違えている。

一条寄騎衆と思しき敵将は、こうした隙を見逃さなかった。決して前に出ず、後方で左右に馬を行き来させながら、こちらの綻《ほころ》びを見つけては兵を動かしている。

何か指示はないのか。苛立って一瞬だけ後ろを見ると、石川が懸命に何か叫んでいるらしかった。だが揉み合いの中で喚き散らす味方の声に阻まれ、満足に指示が通らない。甲斐衆も、旧赤備え以外は次第に乱れ始めた。

やがて中央——勘五郎の属する隊が孤立していると踏んだか、押し寄せる敵の数が倍ほどに増えた。

勘五郎は思った。やはり武田は強い。長篠では数の大差と挟み撃ちに負けたに過ぎぬのだ。己が求めた武士としての強さは、決して間違っていないと。

そうやって自らを励まし、踏ん張ること、どれぐらいか。勘五郎らに当たる兵が、次第に減っていった。討ち取ったのではない。両翼を叩く方が有効と判じたものか、敵がそちらに数を回したようであった。

「隊を二つに割る。各々、左翼、右翼に加勢せよ！」

後方で石川の寄騎が命じる。瞬時耳を疑ったが、喧騒の中で聞き違えたということもない。勘五郎は孕石の姿を探した。己が上役は、十数歩も後方の辺りにいた。

「孕石様」

同じように、自らの上役に駆け寄った者は多い。孕石の下だけでも己や藤太、北村源右衛門が馳せ付けていた。士分でさえ、こうなのだ。足軽は左右どちらに加勢したものか判断できず、右往左往している。

「どうします」

勘五郎の問いに、孕石は早口に指示した。

「おまえと藤太は右、わしと源右衛門が左だ」

苛立ったような声音だった。さもあろう、石川の寄騎は指示を下したように見えて、何もできていない。命のやり取りという極限に置かれた木っ端武者や足軽に対し、自ら判断せよという命令には無理がある。

「これが曲淵様や広瀬様なら……」

藤太の恨めしそうな呟きに、しかし孕石は一喝を加えた。

「今言うことか。行け！」

勘五郎と藤太は右翼へ、孕石と北村は左翼へと加勢に向かった。うろたえる足軽衆に「俺と共に来い」と叫ぶと、それぞれの近くにいた者たちが、ばらばらと従った。

整然とした隊列など、とうに崩れていた。足軽には未だ動揺がある。加勢した右翼でもそれは同じであった。

敵は武士ひとりが辺りを牽制し、その下で二、三人ひと組の足軽が隙なく動いていた。対して味方には石川本隊から増援が寄越されたものの、それらも揉み合いに踏み込むなり、乱戦の気に飲み込まれていた。敵の倍以上の数がありながら、ついに徳川方は劣勢に陥った。

そうした中、勘五郎の目に映ったのは、左右から挟撃される藤太の姿だった。

「藤太！」

当の本人は槍を左手に持って長槍を受け止め、右手ではもうひとりの足軽の手首を押さえていた。遠目にも分かる必死の形相であった。こちらの呼びかけが届いたとしても、何を応じられるはずもない。助けなければならぬ。勘五郎は周囲から足軽衆をひとり連れ、友の元へ走った。

そこへ――。

馬蹄の音が響いた。騎馬の集団は、まだ一里ほども後ろだろうか。だが、単騎先行して馳せ付ける武者があった。金色に輝く天衝の前立て、金を配した華美な仏胴具足には見覚えがある。

「おらあ！」

気勢に満ちた叫びと共に、武者が槍を振り回す。辺りの敵兵は柄で腕を叩かれ、穂先で眉間を叩かれ、悲鳴を上げた。この一撃を受けなかった者が、ざっと飛び退《の》く。

恰幅の良い長大な体軀は、間違いない。薄い口髭を蓄《たくわ》えるようになってはいるが、二年前に馬伏塚城で見た井伊万千代であった。

「ふん！」

唸り声と共に、井伊の槍が二度、三度と突き出される。それは過《あやま》たず、藤太を囲んでいた敵の目を抉《えぐ》った。井伊はすぐに別の場所へと馬を進め、囲まれている味方を同じように救援して行った。

騎馬の本隊は、井伊が暴れ始めてから五十も数えた頃に、ようやく駆け付けた。優勢に進めていた敵方は、百の騎馬が加勢に駆け付けると、深追いは無用とばかりに退いて行った。徳川方は追い討ちをかけることができなかった。

勘五郎の眺める先、一町も向こうに万千代が馬を返して来ていた。掌で顔を拭いながら、それにしても、と思った。

「騎馬を百も預かって……」

ぼそりと、口を衝いて出た。藤太が肩で息をしながら、こちらに歩を進める。

「若いが、家康公の小姓だ。身分が違う」

勘五郎は頭を振った。

「違う。将らしくないお人だと思ってな」

言葉を交わしているうちに、万千代は向こう半町の辺りまで返していた。藤太は思い出したように言った。

「礼を言わねば」

そうして歩を踏み出したとき、向こうで万千代の元へ駆け寄った者がある。遠目に顔はよく分からぬが、三河衆、それも万千代はおろか、齢二十六を数えた己よりずっと年嵩と見えた。藤太と同じく、礼を申し述べに行ったのだろう。

思う間もなく、万千代は――。

何と、それらの者を槍の柄で殴り付けた。

「阿呆どもが。己が拙《つたな》き戦を恥じよ！」

怒号と共に、二人、三人と味方を打ち据えていく。

「将……らしくない」

目の前のできごとに歩を止めた藤太が、そう呟いた。呆然としたのは他の皆も、勘五郎も同じであった。ただ「拙い戦」という言い分は、決して間違っていない。それに井伊の戦い――ある種の蛮勇《ばんゆう》が敵を尻込みさせたのも事実だ。その一点だけは、赤備えに通じると感じた。

田中城の攻防は引き分けの体に終わり、高天神城を孤立させるには至らなかった。だが、少なくとも武田方への牽制だけはできた。遠江にひとつだけ張り出した高天神城は、今後ますます武田方の負担となっていくだろう。

徳川家康は「それで良し」と判じ、大井川西岸の牧野《まきの》城に兵を返して修築を加え、田中城への備えと為して、三月十八日に引き上げた。

四　主家

年が明け、天正七年（一五七九年）となっても、武田との争いは続いている。勘五郎ら甲斐衆も石川数正に従って戦に赴くことは多かったが、どれも小競り合いで長くはならない。遠江岡崎で過ごす日も多かった。

秋八月、勘五郎は藤太と共に農村を歩いた。先頃まで黄金に染まっていた田圃は、ほとんどが切り株だけの姿になっている。百姓の声がのんびりと響き渡り、時折、笑い声も聞こえてきた。刈り入れも終わろうとしている。

「今年も無事に終わったか」

藤太の声が満足そうであった。

日照《ひで》りや旱魃《かんばつ》もなく、武田方の青田刈りを受けることもなかった。些少《さしょう》なりとも知行を得ている身にとって、総じて無事というのは何よりだ。勘五郎も安堵の溜息をついた。

「この米を食って、四年か」

そう思うと感慨が深い。徳川での知行は四貫、甲斐にいた頃の十二貫から三分の一に減っている。だが既に父母を亡くして身ひとつの今、それも大した問題ではなかった。

藤太は右手からこちらの顔を見下ろし、少し寂しそうに微笑んだ。

「勘五郎殿は、いいなあ。徳川の水に慣れたようだ」

「おまえは」

言いかけて止まった。藤太にとっては、徳川に仕えることそのものが「曲げて」だった。主家を替えることを嫌ったのは、山縣昌景に心服していたという理由だけではない。

「……その。家族か」

すまぬ、と頭を下げた。百姓から武士になり、わずかな知行を得て独立していたとはいえ、藤太には甲斐に父母と兄夫婦がある。

「気懸かりだな」

気遣って言うと、藤太は素直に頷いた。

「風の便りに聞こえてくる。甲斐や信濃……今では駿河まで、年貢が増えているらしい。皆、きちんと食えているのかどうか」

武田領が不作だとは聞いたことがない。考えられることはひとつだった。

「武田は、苦しいのだな」

父から聞いたことがあった。己が生まれる少し前、武田家の先々代・信虎《のぶとら》の頃には連年の戦で皆が干上がっていた、と。

農村を離れ、傾き始めた日の中を城下へと進む。交わす言葉は少なく、時折、途切れることもあった。何度目かの沈黙を破り、藤太が不意に言った。

「戦をやめれば済むことなのにな」

「武田のことか」

見上げる顔が、無表情で頷く。勘五郎は目を逸らして応じた。

「それは、できんよ。高天神を捨てる気にならん限りな」

昨年の田中城攻めも、横須賀の築城も、全て高天神城を牽制するためなのだ。徳川があれこれ手を尽くしているのは、武田がそれだけこの要害を堅守しているからに他ならない。

町に入り、城を見やった。明日は出仕して門番をせねばならぬ。

「おや」

見慣れぬ幟《のぼり》が目に入った。数騎と、十ほどの徒歩兵である。歩を進めつつ、じっと見る。白地の幟に黒く染め抜かれていたのは、三つ鱗《うろこ》の紋《もん》であった。

「北条家だと？」

武田の盟友、つまり徳川にとっての敵である。

敵方からの使者など、概ね和睦を求めてのことだ。向こうに何か不都合が起きたか、或いは双方に益なしという場合に限られる。

しばし目を奪われていると、三つ鱗の紋は城門をくぐった。先に「武田が苦しい」と話していたこともあってか、藤太の顔が不安に彩られた。

その晩、二人は揃って、今日の門番をしていた者を訪ねた。石川数正同心の三河衆、年嵩の同僚に当たる高田喜三郎《たかだきさぶろう》の元である。甲斐衆の家が固まる一角に最も近い家であった。四年を過ごした今では互いの気心も知れているが、家を訪ねるのは初めてのことだ。

「お初にお目にかかります。成島勘五郎と、飯沼藤太にござる」

出迎えたのは年若い娘だった。名は芳《よし》と言い、当年取って十四になると高田から聞かされている。目鼻立ちは整っているが、父に似て頬骨が張っているのが珠《たま》に瑕《きず》と見えた。

「ようこそ、いらっしゃいまし」

玄関で三つ指ついて頭を下げる。だが何やら怯えた様子で、こちらの顔をちらちら盗み見るようにしていた。

「どうしたのです。我ら、何か失礼をしましたろうか」

勘五郎が問うと、芳は幾らかぼんやりとした顔で応じた。

「その……鬼では。あ、いいえ！　成島様も飯沼様も、ごく当たり前のお人なのだな、って」

「は？」

今度は、こちらがぽかんとした。そういう顔を見て、芳は大いに慌てた。

「ご、ごめんなさい。ご無礼を」

勢い良く平伏して、額が廊下の羽目板を叩く。ごつんと音がすると、芳は額を押さえて涙目になった。

「あの、芳殿……」

「とにかく、ええと、どうぞこちらへ」

大層取り乱していて、案内の必要もない狭い家だということも忘れているようだった。あたふたと立ち上がって――、

「あぁあああっ！」

振り向いたすぐ後ろ、玄関と広間の間で一寸ほど高くなった敷居に躓《つまず》いて、耳に刺さる悲鳴を上げた。勘五郎は咄嗟《とっさ》に手を伸ばして芳の

体を支えた。

「ひ……」

五尺に満たぬ軽い体を支えられた娘は、しかし蚊の鳴くような短い悲鳴を上げ、ぶるりと身を揺すった。

「あ、あの。成島様……これ」

どぎまぎと言葉を出す。ふと見れば、己が手は芳の体を胸の辺りで受け止めていた。

「あ……これはだな、いやその、転ばぬようにと……。すまぬ。あの……」

「あ、ありがとう」

掠れ声を絞り出す間もなく、芳は顔を深紅に染めて駆け出した。廊下を進み、曲がり角で柱にぶつかる。少しふらりとしたものの、すぐに鼻面を押さえ、広間の裏手の部屋へと消えた。

くくく、と聞こえる。藤太であった。笑いを堪え、苦しそうに腹を抱えていた。

「笑うな」

「……無理言うな」

藤太は今少し体を小刻みに悶《もだ》えさせると、大きく息をしながら目元を拭った。

「勘五郎殿、いっそ芳殿を嫁に取ってしまえ」

「何でそうなる。あの頬骨だぞ。おまけに、何か知らんが慌てて床を頭で叩くわ、柱にぶつかるわ、とんでもない粗忽者《そこつもの》だ」

「傷物にしておいて」

「大袈裟《おおげさ》な。だいたい、俺のせいじゃない！」

つい大声になった。すると、後ろから怪訝そうな声がかかった。

「何のことだ」

高い頬骨の面長、白髪混じりの四十路は高田喜三郎であった。引き攣った顔を隠したくて、勘五郎は必要以上に深く一礼した。

「あ……これは、すみません。その、娘御の……芳殿ですが、躓きましてですな。転ばぬようにと、あの、俺がですな」

高田は「やれやれ」という顔で頷いた。

「またか。足許に気を付けろと、いつも言うておるのだが……。勘さんが助けてくれたのか」

「あ……はい。その。ええ」

どぎまぎと応じると、横から藤太が口を挟んだ。

「初めは俺たちを怖がっているようだったのですが、何かあるのですか」

高田は心底恥ずかしそうに顔を歪めた。

「あの阿呆め……。なに、二人は元赤備えだろう。実はわしも、戦場で震え上がった口でな。芳が小さい頃、我儘《わがまま》を言うと赤備えの鬼が来るぞと脅かしていたのだ。話を膨《ふく》らませ過ぎたとは言え……十四にもなって、どうやら信じたままだったらしい」

締まりのない話に、勘五郎は少し頬を緩めた。

「なるほど」

ごく当たり前の人という評にも得心が行った。高田は面目なさそうに続ける。

「あれが粗忽なのも、阿呆なのも、確かに勘さんのせいではないわい。まあ上がってくれ」

勘五郎は額に浮いた汗を拭いつつ、高田に続いて広間に入った。自らの家の広間より三人ほど多く入れるぐらいの広さである。

皆が座ると、高田は「さて」と問うた。

「二人揃って何の用だね。飯でもせびりに来たか」

勘五郎は大きく息を吸い、吐いてから返した。

「いえ、お聞きしたいことがありまして。今日の夕方、三つ鱗の紋がお城に入るのを目にしました。喜三郎さんは今日の門番でしたろう」

高田は「ああ」と頷いた。

「あれか。すぐに知れることだから、話しておこう。実は北条家から盟約を求めて来たのだ。お城には、今宵の逗留《とうりゅう》をするためにな」

「何と」

これまで武田が後顧《こうこ》の憂いなく遠州に兵を向けられたのは、関東を広く支配する北条との盟約あってこそである。北条が和睦という段階を飛ばして、いきなり盟約を求めてくるとは、まさに晴天の霹靂《へきれき》であった。

勘五郎は軽く唾を飲み込み、問うた。

「北条は……武田と手を切っても良いと？」

「そういうことになる」

「いったい、どうして」

勘五郎の呟きに、高田は「知らんよ」と返した。

「盟約云々《うんぬん》は上が考えることだ。我々下っ端は下知に従うまでさ」

さも当然という口ぶりだった。確かにそれで正しい。

「まあ徳川にとっては好機到来だ。二人とも、田中城攻めには出ただろう。赤備えがなくなっても、あの強さだ。太刀打ちできたのは、勘さんたち甲斐衆だけだったものな。正直、少しほっとしているよ」

穏やかな顔の高田に、勘五郎は無言で頷いた。これで武田が窮地に立つことは確実となったのだ。傍らの藤太を見ると、何とも言えぬ顔をしている。

聞くべきことを聞くと、少しの雑談を交わし、二人はそれぞれの家に戻った。その間も藤太は言葉少なだった。

翌日、北条家の使者は勘五郎らが守る門を抜け、一路浜松を目指した。そして半月と少し、九月に入ると、今度は徳川から北条に使者が送られた。昨日までの敵であった徳川と北条は、盟友となった。

＊

北条との盟約で、遠江から駿河にかけての争いは徳川が俄然《がぜん》有利となった。これを以て徳川方は、同盟から一年余の天正八年（一五八〇年）九月、高天神城に兵を出して兵糧攻めにした。

前年の天正七年十月、石川数正が三河岡崎の城代を命じられたことで、甲斐衆は大須賀康高の下に戻されている。勘五郎も大須賀隊として、高天神城を包囲する陣中にあった。

軍陣で越年し、天正九年も三月末を迎えた。包囲が半年に及び、ようにに糧食も尽きているだろうに、高天神城は中々に屈しない。薄雲たなびく朧月夜《おぼろづきよ》、徳川方の陣のあちこちに炊煙《すいえん》が上がる。勘五郎も粥を炊き、菜の花を放り込んだ。野に自生していたのを毟って来たものだ。

軍陣の飯は大勢の分をまとめて大釜で仕立てるものだが、三月に入ってからは個々に作るよう命じられていた。炊煙の数を増やすことで敵城の空腹を煽《あお》り、苦しめるためだそうだ。えげつないな、と思いつつ杓子《しゃくし》で鍋をかき回し、少しを掬《すく》って味をみた。

「藤太、塩はあるか」

傍らで同じように粥を煮る友に問う。藤太は「いいや」と応じた。

「今朝の結び飯に使ったのが最後だ。長陣だからな」

言いつつ、腰に巻いた芋がら縄を千切って鍋に放り込む。勘五郎もこれに倣った。

芋がら縄は、芋茎《ずいき》を編んだ細い縄を味噌で煮しめて干した物である。戦場に携行する色々を腰に付けておくための縄だが、鍋で煮込めば味噌が溶け出し、芋茎と共に食える。

勘五郎は炊き上がった粥を鍋から杓子に取り、そのまま口に運んだ。はふ、と息を吐き出して飲み込む。美味いとは言えぬが、食えるだけましか。

「囲んでいる俺たちでさえ、こうだからな。城は苦しいだろう」

餓死した者も多いのだろう、山から風が吹き降ろす日などは嫌な臭いが漂う。

武田勝頼が救援を寄越す気配はない。或いは、寄越せないと言う方が正しいのだろうか。越後の上杉と盟約を結んだとも聞くが、北条と手切れになったことは、やはり武田にとって痛手だったのだ。

「何でだろうな。北条と武田」

独りごちるように漏らす。藤太が抑揚のない声で応じた。

「知らん。甲斐だけ安泰に保ってくれればいい」

そうだな、と返す代わりに微笑む。顔とは裏腹に胸が痛んだ。

翌朝、日の出と共に、徳川の陣は騒然となった。

「敵だ。打って出たぞ」

目を覚ましたばかりの足軽衆が、すわ、と陣笠を被る。勘五郎も鉢金を巻き、刀を腰に、手には槍を取った。

「西の出口を固めよ」

大須賀の下知に従い、足軽衆が前に出る。甲斐衆はその後ろに続いた。

兵が山城からの道を下りるに当たっては、足音の響きで山の木々が揺れるものだ。しかし此度の敵の行軍は、そういうものが実に弱い。

「どこまで下りて来ているのか……」

藤太が漏らす。さもあろう、足音はするものの、何とも小さい。行軍は木々の梢を揺らすような地響きとはなり得ず、春風にそよぐ若葉の動きを少し乱すばかりであった。打って出たことを察せられている以上、警戒ゆえではなかろう。

勘五郎は、固唾《かたず》を飲んで目を凝らした。次第にある種の狂気が迫って来るのが分かり、じわりと脂汗が浮いた。

やがて、正面——東から山の端を滲ませた朝日を背に、兵の一団がゆらりと姿を現した。

「おおおおおっ！」

「わああっ！」

静粛を旨とするはずの武田の兵が、こちらの姿を見るなり雄叫《おたけ》びを上げた。そして足軽が長槍を掲げ、力なく振り下ろす。それは重さに任せて「落としている」とでも言うような有様であった。中には前に落とすことができず、後ろ向きに倒れる槍すらあった。

対して徳川方の足軽は、力いっぱいに槍を振り下ろす。一町ほど前方で打ち据える音が響いたが、二度目はなかった。

「皆々、前へ」

下知に従い、大須賀隊は前に出る。敵は次から次に山を下り、先に斃れた者を踏み越えようとするが、その全てが足軽の槍に叩かれた。

一度地に転がった者は、二度とは動かない。その中でただひとり、ふらりと顔を上げた武士がある。その姿に勘五郎は息を呑んだ。

痩せて頬がこけ、目ばかりがぎょろぎょろと大きい。嗚呼《ああ》、と開けられた口から何かが抜け出て行くような錯覚があったかと思うと、ばたりと突っ伏して動かなくなった。

結局、ほとんど足軽の槍だけで戦は終わった。武田方の討ち死には六百八十八もあった。

大須賀隊は西の山道を登り、高天神城の検分に向かった。山の中には少し前に陣へ届いたのと同じ臭気が漂っていて、城に近付くほどに強くなった。意識の根幹、人としての土台が激しく警鐘を鳴らす。勘五郎は心中で合掌し、少しでも臭いを感じぬように、右手で鼻と口を押さえた。

対して藤太は、厳しい面持ちながら平然としていた。

「人が死んで、腐っているんだ」

右手を行く友の顔を軽く見上げる。

「そんなことは分かっているが、おまえ平気なのか」

「父やん……父から聞いた。心構えだけはな」

戦って死んだ者は、戦の見物人に武具や腰兵糧を奪われる。屍肉《しにく》が腐り始めたところを片付けるのはその後で、これは賦役に駆り出された百姓衆の役目であった。藤太の父は、己が父に従って戦場に赴くことも多かった。勘五郎はそれを思い出して頷いた。

身震いを何度繰り返したろう。西の山道から城に入ってすぐの的場郭に至ったのは昼前であった。今朝の戦で討ち死にしたのと同じほどの死者が、無造作に積み上げられている。中には腕や脚がない屍《しかばね》もあった。断ち落とされているらしい。

「強くあらねば、こうなる……か」

勘五郎の呟きに、しかし藤太は、細く長い息に混ぜて返した。

「力を出せねばな……。強さなんて、常に同じではないのかも知れん」

友の顔を見上げる。恐ろしいほどのすまし顔であった。

的場郭の屍を足軽に数えさせ、余の者は他に向かった。東にある三ノ丸を検《あらた》めると、ここも骸《むくろ》が山になっていた。

城外にあった己は、長陣で水浴びもせず大いに汚れているが、飯を食い、自らの足で歩いている。勘五郎は鼻と口を押さえたまま、人が物になってしまった現実に背を凍らせた。

少し道を戻って登り、本丸へと至る。ここまで来ると死臭や腐臭は薄らいだように思えた。本丸、その手前の御前郭、さらにその西にある館を順に検める。城兵の屍は全て的場郭と三ノ丸にまとめられているようで、ここにはそうした姿がない。ひとりの人もいない場所だが、死骸の山に比べれば、まだ暖かみを感じた。

城を接収し、足軽衆と賦役の百姓衆が屍の片付けを終えると、大須賀隊は山を下りた。

山裾の陣に戻った頃には、とっぷりと暮れていた。戻るなり、勘五郎は鼻から水を吸って漱《すす》いだ。多少痛むが、堪えて何度も繰り返す。戦場に屍の腐臭は付き物であるが、此度ばかりはどうもいけない。あちこちに上がる炊煙に人の営みを感じ、一面で安堵したものの、夕餉を取る気にはなれなかった。勘五郎はそのまま不寝番に立った。

「強さは常に同じではない……」

藤太の言ったことを思い出して独りごちた。高天神の城兵にひと握りの兵糧があったなら、どうなっていたか。武田家の衰えにしても、同じことだ。最強と謳われた山縣の赤備えを失い、多くの有能な将を死なせた。個々の強さは未だ健在だが、それでも北条との同盟は必須であったはずだ。なぜ手切れとなったのか、解せぬ思いが胸を満たしていた。

*

徳川にあれば、盟友の織田については否応なく聞こえてくる。昨今、武田が織田に和睦を申し入れているそうだ。越後の上杉や常陸《ひたち》の佐竹《さたけ》との盟約だけでは足りぬのだろう。武田の置かれた苦しい立場は、勘五郎のような末端の武士にも良く分かった。

「勘さん、どうした。ぼんやりして」

高田喜三郎が家の中に歩を進め、障子を開け放った部屋の外から声をかけた。

「少し考えごとを」

「戦のことか。今日ばかりは忘れたが良かろう」

「いえ、そうではなく。……武田のことです」

すると高田は「仕方のない奴だな」と言って苦笑を浮かべた。

「なるようにしかならんよ」

勘五郎は軽く頭を振った。

「もし俺が今でも武田の者だったら、強くありたいなどと言っていられたのかどうか」

「詮ないことだ。あんたは今日を以て、本当の意味で徳川の者になるんだからな」

言い聞かせるような言葉に、勘五郎は微笑で応じた。

「すみません。喜三郎さんの言うとおりです」

高田は少し渋い顔で返した。

「義父上《ちちうえ》だ」

「そうお呼びするのも、少しばかりですな、その……」

高天神城を落とした翌年、天正十年（一五八二年）の一月末、勘五郎は齢三十で嫁を取ることになった。相手は高田の娘、十七歳になった芳である。祝言《しゅうげん》の日であった。

決まりが悪そうにしているのがおかしかったか、高田は少し肩を揺らした。

「まあ、構わんか。勘さんが頼みを聞いてくれて、わしも助かったのだし」

「喜三郎さんが、あまりに必死でしたからな」

そろそろ嫁の貰い手をと考えた高田が当人の希望を聞いたところ、芳は、勘五郎が良い、他の男に嫁ぐなら死ぬと言い出したのだそうだ。

話を聞いた時には仰天したものだが、娘を助けてくれと懇願されては断れるはずもない。もっとも己は、強さを磨く以外のことを何ひとつ考えてこなかった。ある種の木石と言える男を熱望してもらえるのは、有難いことではあった。

ただ、それだけに不安もある。家を構えるというのがどういうことか、今ひとつ分かりかねていた。勘五郎は目の前の先達に、率直に問うてみた。

「芳殿を嫁にして、どうやって暮らして行けば良いのでしょうか」

高田は「おいおい」と返した。

「どう、って。子を作り、家を栄えさせるのだろうに」

「はあ。まあ、それは分かるのですが。俺は槍働きが第一の、武士にござれば……ですな」

何を言わんとしているのかを察し、高田は得心顔を見せた。

「変えんで良かろう。勘さんが腑《ふ》抜《ぬ》けになったら、かえって嫌がるのではないかな」

「そういうものですか」

ほっと息が漏れた。高田は思い出したように続けた。

「さて、芳の支度が済んだぞ。皆も待っているし、広間へ行こう」

祝言の席へ、共に向かう。そこには白粉《おしろい》を刷《は》いた芳が小さく座っていた。一世一代の化粧であった。

狭い広間と庭には、既に甲斐衆の皆が駆け付けている。勘五郎が席に着くと、さっそく藤太がやって来て、嬉しそうに酒を注いだ。

「めでたい日だ。まあ呑め」

勧められるままに、勘五郎はぐいと呷《あお》った。そこへ花輪又三郎が次を注ぐ。

「いやさ、めでたい日だが、浮かれてばかりではいかんぞ。嫁取りとは、責任が増えるということだ。もっとも、多くの責任を負うておることを誇れるような男でなければ――」

相変わらずだな、と閉口していると、北村源右衛門が割り込んできた。

「ずいぶん酒が進んでおるなあ。されど呑み過ぎはいかんぞ。今宵は奥方を、かわいがってやらねばならぬからな」

「おまえはいつも、そういう軽口ばかりでいかん」

咎める花輪に、北村はげらげらと笑って応じた。

「やかましい、堅物。おまえも呑め」

狭い家だけに、訪れた全員が入れるはずもない。しかし入れ代わり立ち代わり皆が参じ、そのたびに酒を呑まされた。特に孕石備前からは一合枡《ます》で三杯を勧められ、曲淵宗立斎に至っては七杯も強要された。

ままよ、と全てを呷った。

宴の途中からは何も覚えていない。ただ、藤太や花輪、北村らが終始庭に陣取って、延々と杯を傾けていたことだけは承知していた。

目が覚めたら、既に辺りは暗かった。宴の喧騒などどこへやら、しんと静まった自らの部屋で横たわっている。障子は閉められ、部屋の隅に灯明の乏しい灯りがひとつあるばかりだ。狐にでも化かされたような気がした。

「お目覚めですか」

右手から声をかけられ、顔を向ける。

「き、狐？」

頬骨の立った面長が白い寝巻を着て、顔を朱に染めた。

「芳です。あなたの妻です！　それとも、私が狐似の醜女《しこめ》だと仰《おつしや》りたいんですか」

「いや、すまん。そうでは」

慌てて身を起こすと、がんと頭に響いた。思わず目を固く瞑《つむ》り、こめかみに手を当てる。

「あ痛たたた……」

「あれだけお呑みになれば、当たり前です」

癪に障るとばかりに膨れ面を背ける様子が、何故かとてもかわいく思えた。笑みが漏れる。手を伸ばしてそっと頰に触れると、芳はびくりと身を震わせた。

「この手が……」

「手が、どうした」

最前までの膨れ面が解かれ、頬には怒気とは全く違う朱が湛えられた。

「教えてくれたのです」

何を言っているのか分からない。右手を戻し、しげしげと見る。

「特に変わったこともない、ごつごつとした手だが」

「お忘れになったんですか？　三年前です」

はて何であったろうか。目の前の右手を額に当て、痛む頭で考えた。

座ったまま再び眠りそうになると、芳の声が上ずって激しくなる。

「胸を、その……まさぐって、私が女なのだと悟らせてくださいました」

きんきんと耳に刺さる声が頭に響き、眠気が飛ぶ。しかめ面で手を伸ばし、芳の口を塞《ふさ》いだ。

「そんな覚えはない」

芳は両手でこちらの手を剝《は》がすと、口を尖《とが》らせた。

「私が転びそうになった時です。助けるついでに、悪戯《いたずら》をなさったじゃありませんか」

あのことか、と思い当たった。芳の頭の中ではそういうことになっているらしいが、断じて違う。二の句が継げないでいると、芳は少し俯いた。

「赤備えは本物の鬼だとばかり思っていたのに、あなたはごく当たり前の人……いいえ、とても頼もしい人でした。粗忽な私を助けてくだって、とても嬉しくて。この人は強いのだな、って思ったんです。だから、その、悪戯も心地良く思えて。とにかく、あれで私は」

勘違いについては、もう何を言っても聞くまいと諦《あきら》めた。しかし他の言葉が、今まで味わったことのない喜びを胸に満たしてくれる。芳が感じた強さとは、己が追い求めるものとは違うのだろう。くすぐったい気がした。

「なるほど。それで俺の嫁になりたいと駄々を捏《こ》ねたのか」

「いけませんか」

拗《す》ねたように返す。微笑と共に、ゆっくりと首を振って見せた。

「かわいい奴だな」

掛け値なしにそう思った。ならばと、妻となった女の寝巻に手を伸ばし、帯を解いてやる。芳は総身をがちがちに固め、為すがままになっていた。顕わになった乳房の膨らみは申し訳程度のもので、薄紅色の豆だけが、ぴんと硬い。そこに軽く触れると、芳はびくりと震えて、今度は力が抜けたように身を倒した。

「おまえは、かわいい女だ」

改めて言うと、芳は少し膨れ面になって、また顔を背けた。

「……意地の悪いことをお言いです」

「俺の妻だ。他の誰が何と言おうと、俺がかわいいと言ったら、それが正しい」

脚の間に手を伸ばすと、芳はまた身を硬くした。が、じわじわと力が抜けていく。やがてこちらの力に応じて脚を開き、ぽろぽろと涙をこぼした。

二人は、夫婦となった。春浅い一月の末だが、終わった頃には互いの額に汗が浮いていた。

勘五郎は芳から肌を離し、左隣に横たわる。しばし放心していた芳は、少しすると思い出したように身を起こした。初めて男を迎え入れた場所が気になるのか、ぎこちない動きだった。

「すみません。頭、痛むのでしょう」

「戦場なら、傷を負うても戦わねばならん。このぐらいは軽いものだ」

芳は少しつまらなそうな、それでいてどこか嬉しそうな顔を見せた。

そしてすぐにまた身を横たえ、こちらの右腕にぴたりと寄り添った。

「芳。今はまだ下っ端の俺だが、必ず出世するぞ。おまえにも良い目を見せてやる」

「はい。でも……私は、あなたが戦に行かれるのを恐ろしく思います」

勘五郎は心のままに語った。

「俺は強くありたい。それを以て主家に認めさせたい。本当に強い者はな、戦って手柄を上げ、生きて帰るのだ。俺を信じろ」

こちらを見る芳の顔が、恍惚としたものを湛える。勘五郎は傍らに退けてあった綿入れの夜具を引き寄せて被り、二人で身を温め合って眠った。

翌日になると、いつものように出仕して城門の番に立った。

痛む頭に悩み、一月にしては強すぎる日差しにうんざりしていると、今日は非番のはずの藤太と北村がやって来た。堀を渡る土橋の向こうで手招きをしている。何だろうかと、共に門衛に立つ者たちに目を向ける。皆が「行って来い」という顔で頷いた。

橋を渡り終えると、すぐに藤太が声をかけた。

「おう、勘五郎殿」

にやにやと笑みを浮かべている。

「何だ。どうした」

怪訝な面持ちになって返す。北村が下卑た眼差しを向けた。

「昨夜は、凄かったなあ。俺の家まで奥方の声が聞こえたぞ」

さっ、と血の気が引いた。そこまで激しいはずはないと思うが、判然としない。何しろ頭痛が酷かった。だが粗末な家ゆえ――。

目を白黒させていると、藤太と北村は腹を抱えて笑った。

「嘘に決まっているだろう」

「北村、おまえは！」

思わず声を上げた。藤太が「まあまあ」と両の掌を向けて宥める。

「睦み合ったのは、確かだな」

「夫婦だぞ。当たり前だ」

仏頂面で返すと、藤太はこちらの肩をぽんと叩いた。

「これからは一層、気張って働かねばならんな」

二人は満面の笑みで帰って行った。遠ざかる背を見て、勘五郎は
「言われるまでもない」と胸の内に呟いた。

＊

祝言から間もない二月六日、勘五郎は非番で家にあった。芳がこしらえた芋の煮付けで昼餉を取っていると、舅《しゅうと》となった高田喜三郎が慌しく庭に駆け込んで来た。

「勘さん、来たぞ」

挨拶もそこそこに、庭から呼ばわる。何ごとかと、飯を中途にして廊下まで出た。

「何がです」

「戦触れだ。祝言のすぐ後で申し訳ないが……」

勘五郎は縁側に座り、高田にも座を勧めた。

「武を以《もっ》て主家に仕える身です」

少し難しい顔で、高田が隣に腰を下ろした。

「そうか。勘さんには、別途の触れがあるだろう。心しておけよ」

はて、おかしなことを言う。

「なぜです。同じ大須賀隊なのに」

高田は、大きく頷く。

「大須賀隊は石川様の下に入るが、甲斐衆だけは別だ」

既に三河岡崎から石川数正が動いているそうだ。恐らくは詳しくを聞いているのだろうと踏んで、じっと高田の目を見た。

「勘さんたちは、家康公の隊になるそうだ」

「何と」

当主の直属である。しかし、勘五郎ら甲斐衆は徳川家康という人の顔すら見たことがない。いきなりのことに、正直なところ戸惑うばかりだった。

「いや、しかし……孕石様からは聞いておりませぬが」

「わしも先ほど聞かされたばかりだからな。まあ直属とは言っても、本陣にある旗本衆の下知を受けることになろうがね。それでも、これまでの働き……おまえさん方の強さが認められたと思っていいだろう」

どういう意味か分かるな、と目で問うてくる。勘五郎は、ごくりと唾を飲んだ。

「武田……ですか」

高田は眼差しに力を込め、事情を話し始めた。

「織田が動いた」

それは驚天動地の話であった。五日前の二月一日、武田信玄の三女を娶《めと》った木曾義昌《きそよしまさ》が織田信長に寝返ったと言うのだ。

「一門衆が」

愕然《がくぜん》とした。武田勝頼は、既に家中を束ねられなくなっている。

「高天神の戦いだよ」

勘五郎は甲斐を思い、東の空を仰いだ。長篠で多くの討ち死にを出し、北条と手切れになって、武田はじりじりと貧していた。不満、不安、歪《ひず》み、そういったものが高天神城に救援を送れなかった事実を引き鉄《がね》に暴発したとて、あり得べき結末である。

高田が言うには、勝頼は木曾の側室と子、さらに生母まで磔《はりつけ》にした上、自ら軍を率いて出陣したそうだ。織田家は木曾の救援を名目に武田征伐の軍を動かしたらしい。盟友の徳川家、北条家にも、それぞれ駿河方面、相模・伊豆《いず》・上野《こうずけ》方面からの出陣が要請されている。

「元が武田の臣だった勘さんには」

言葉を切って、高田は目を伏せる。勘五郎は強く返した。

「それが武士です」

乾坤一擲《けんこんいってき》、武田を潰すために元赤備えの力を使うと言うのなら、応じねばならぬ。まして己は芳を嫁に取ったのだ。

覚悟のほどを知り、高田は安堵したように座を立つ。話し声を聞き付けて台所から顔を出した芳には、一瞥して手を振るのみで帰って行った。

二月十五日、遠江岡崎城の北一里に一万の大軍が到着した。大須賀隊の七百人と甲斐衆九十余人は城門前に整列して、これを迎えた。大須賀隊の前に石川数正が進み、引き連れて行く。残された甲斐衆の前に、五十を越えたと見られる別の将が馬を進めた。

「酒井忠次《さかいただつぐ》である。この戦では、わしが家康公から其方らの身柄を借り受けた。此度は甲斐衆に本陣の先手を命じる」

丸みを帯びた顔に細い目、やや薄い口髭の将であった。徳川が今川から独立した後、家康に重用されるようになり、挙げた戦功は数知れない。石川数正などと共に家老を務め、また徳川の本国・三河の東半分を束ねる旗頭でもある。

曲淵宗立斎、広瀬将房以下の甲斐衆が揃って一礼した。皆が無言だったせいか、酒井は少し面食らったようである。だがすぐに全体を見回し、九十人の全てと目を合わせてから頷いた。

「これが甲斐衆か」

それだけ残すと、酒井は馬首を返した。甲斐衆はその後に続いた。

勘五郎は気を昂《たか》ぶらせ、一歩ずつを踏みしめて進んだ。家康の直属隊に身を置き、家臣筆頭と言って差し支えない将の下知を受けるとは、先に高田から言われたとおり、これまでの働きが認められた証なのだ。

高揚のままに左隣を見上げる。しかし藤太は、それどころではないという顔をしていた。織田が、徳川が、北条が、武田を潰すために動いているのだ。甲斐を思い、胸の内を騒がせているのは明らかだった。

勘五郎は少し恥じて前を向いた。

家康の本隊五千、石川数正の二千、本多忠勝《ほんだただかつ》の二千、榊原康政の千、総勢一万の徳川軍は、未だ武田の支配下にある駿府へ向かった。勘五郎らは、行軍の最後尾にある家康本隊の先手に身を置いた。背後を衝かれぬように用心を重ね、行軍は遅々たるものになっている。だが白昼堂々行軍しても、駿府城から兵が出されることはなかった。織田・北条・徳川の三方から進攻を受けたとあって、身動きが取れぬのだろう。

三月一日、その行軍に正面から馳せ付ける人馬があった。場所は由《ゆ》比《い》を過ぎた辺り、海辺まで山が張り出した薩埵峠である。十五年近く前、勘五郎が初陣を迎えた地であった。

前方にある侍大将たちの三手が左右に分かれた。作られた道を通って家康本隊を目指す数は、そう多くない。騎馬が四と徒歩が六、計十人である。しかしその中心にいる顔に、勘五郎は目を丸くした。穴山信君――武田軍で山縣赤備えに続く二番手を務めることの多かった、親族衆のひとりであった。

「穴山梅雪《ばいせつ》、参上。家康公にお目通り願いたい」

供回りの者が馬上で短い口上を上げる。何らかの使者であろうか。いずれにしても、榊原、本多、石川の三手が無条件に通したのだから、阻む理由などない。曲淵がさっと手を上げ、応じて皆が左右に分かれた。穴山はその道に馬を進め、さらりと見回す。曲淵や広瀬の姿を見つけると「ほう」という顔をした。

穴山が家康とどういう話をしたのかは、知る由《よし》もない。だが峠には三日ほど留まることになった。その間、甲斐の方面から徳川本隊に何騎かの伝令が馳せていた。

三月四日、昼四つ巳の刻（十時）頃、榊原が本隊に馬を向けて来た。そして四半刻の後に穴山を伴って戻って行く。何がどうなったのかと思っているうちに、前方の三隊が動き始めた。

「本隊、前へ」

後方で酒井の声が響き、勘五郎らも歩を進めた。穴山がこの行軍を訪れた理由が、薄々察せられた。

薩埵峠を過ぎてからは、それまでの行軍とは明らかに異なった。ずっと背後に気を配っていたものが、後顧の憂いもないとばかりに、駆け足で前へ前へと進む。勘五郎の隣で駆けていた藤太が顔を曇らせて呟いた。

「なあ勘五郎殿。武田は、もう……」

「だろうな」

恐らく武田勝頼は、織田軍と戦って敗れている。そうでなければ、こうまで急に行軍が速まるはずもない。勘五郎は小声で続けた。

「案ずるな。百姓にまで手出しはしないはずだ」

だが藤太の顔は晴れない。武士として長く軍陣に身を置いているからには、戦がどういうものかを知らぬはずもなかった。大将が乱妨取り——略奪を禁じたとて、聞く耳を持たぬ足軽衆は必ずいる。自らの励ましの言葉も、どこか上滑りしているような気がした。

徳川軍は海沿いを進んで富士川を渡ると、進路を北へと転じた。富士五湖の本栖湖《もとすこ》を過ぎ、精進湖《しょうじこ》を過ぎて、東西を山に挟まれた道をなお北へと進む。

やがて行き当たったのは、こんもりと茂った草の間をゆるゆると進む流れ、懐かしい笛吹川であった。川を越えると、甲斐府中まで道が続く。ここから二里ほど西が、かつて成島の家が治めていた地である。

そちらを見やって、藤太が発した。

「変わらんな、甲斐は」

勘五郎は少しだけ藤太と目を合わせ、すぐに前を向いた。二人は今の境遇が違う。何を言えるでもなかった。

徳川軍が府中に到着したのは、三月十一日のことであった。

長らく武田の本拠であった躑躅ヶ崎館には、木瓜《もっこう》の紋、つまり織田の幟が翻っていた。粗方を察しつつの行軍であったが、この地に武田菱の紋がないことを改めて知ると、甲斐衆の誰もが沈鬱な面持ちになった。

それから十日ほど、徳川軍一万は躑躅ヶ崎館の南西三里の辺りに野営陣を張り、逗留することになった。これとて戦であるからには、勘五郎らは不寝番に立たねばならない。

夜半、勘五郎は交替の番に立った。軽く空を見上げ、小さく溜息が漏れた。瞬く星は稚児の頃と寸分の違いもないのに、既に武田は居館さえ失っている。幼い頃の思い出が消されてしまったような、空虚な思いを持て余した。

すぐ後ろに足音がする。天から目を戻して向くと、次の夜警番である藤太が駆け抜けようとしていた。

「おい、藤太」

藤太は数歩を駆け抜け、しかし躊躇うように足を止めた。

「どうした。どこへ行く」

「五郎やん、見逃してくれし」

ぎくり、とした。

「おまえ、まさか……」

藤太は肩越しにこちらを向いて、小さく頭を振った。

「逃げるのとは違う。父やんたちがどうしてるか、見て来るだけだぁ」

「認められん。俺たちは」

そこで言葉が止まった。徳川の者になったのだと言って良いものか。逡巡していると、藤太は「頼む」と残して走り出した。が、すぐに足を止めて尻餅《しりもち》をついた。何かにぶつかるような音がしたが——。

「どこへ行く」

闇の中から声がして、具足の金具が擦れ合う音が近付く。篝火の届く辺りに浮かび上がったのは、石川数正の姿であった。

「其方は甲斐衆か。確か……飯沼藤太と言ったな」

藤太は石川に見下ろされて少し後退りしていたが、名を呼ばれて動きを止めた。

「俺の名を……」

「かつて我が下にあった者ぞ」

石川はそう言って、こちらに目を向けた。

「成島勘五郎。其方、これを見逃す気か」

少し俯く。己は確かに藤太を止めた。それは事実である。しかし、と再び顔を上げ、石川と正面から向き合った。

「……仰せごもっともなれど」

口を開くと、石川は右の掌を前に出して「待て」と制した。

「一時で戻ると約束するなら、わしが認めよう」

藤太は石川を見上げたまま固まっていたが、やがて勢い良く立ち上がった。

「あ……有難き幸せ!」

深く一礼し、弾かれるように夜の闇に駆けて行く。勘五郎も深々と頭を垂れた。

「ありがとう存じます」

石川は大したことではないとばかり、平らかに返した。

「逃げようとする者を引き止めても使い物にはならぬ。必ず戦場で抜かりを見せよう。その気なら思うに任せたが良い。山縣隊では違ったのか」

勘五郎は顔を上げ、首を横に振った。

「いいえ。山縣隊には、訳あって辞める者はあれど、逃げる者などおりませなんだ」

石川は、軽く苦笑した。

「肝《きも》の太い物言いだ」

「抜きん出た働きを見せ、周囲に認めさせねばならぬ身です」

そう返すと「おや」という眼差しが向けられた。

「ふむ……。面白い奴だ」

なぜそう言われたのか分からず、当惑した。石川はこちらの面持ちを見て口元を歪め、立ち去った。

その後一時で、藤太は石川との約束どおり陣へ戻った。

勘五郎は言葉こそ発しなかったが、良かった、という思いで微笑んだ。藤太は少し照れ臭そうに「俺は徳川の者になったのだ」と言い、夜警番を引き継いだ。

数日後、武田勝頼が死去したとの報せが届いた。徳川が府中に至ったのと同じ三月十一日、織田方の将・滝川一益《たきがわかずます》に追われ、自害したものであった。平安の昔から続いた甲斐源氏《げんじ》・武田家はここに滅亡した。

＊

織田と徳川は盟友の間柄だが、どちらが盟主かと言えば、間違いなく織田であった。武田征伐戦では徳川と北条も動いたものの、両軍は武田方の逃げ道を塞ぐことが中心で、戦の実際は織田が主導している。戦後の差配もひととおりが「織田家の論功行賞」の形で進められ、甲斐一国は織田重臣・河尻秀隆《かわじりひでたか》に、徳川には駿河一国が与えられることになった。

武田親族衆の穴山信君は、長子・勝千代《かつちよ》に武田の名跡を継がせることを認められ、また甲斐河内の本領も安堵された。穴山は徳川に仕えることを決めていたため、事実上、甲斐に徳川の飛び地が認められた形であった。

甲斐衆は、この戦を境に徳川の本城・浜松へと移されることになった。皆の家族は穴山を通じて安否を確認している。年を重ねて死んだ者、戦で命を落とした者は相応にあったが、命をつないでいる者は全て浜松に伴って良いとの沙汰《さた》であった。既に父母を亡くしている勘五郎は、妻の芳だけを連れて移ることになった。

五月の声を聞いた頃、甲斐衆は浜松城に召し出された。家康の直属となってから初めて、その家康に拝謁《はいえつ》を許されたものであった。もっとも個々に顔を合わせるのではない。全員がひとまとめである。

徳川家康とは、どのような人だろう。野戦の名手と聞くが。

もう出て来るのではないかと、勘五郎は本丸館の中にちらちらと目を遣る。だが整列する九十人の後ろの方であるためか、或いは郭に夏の日差しが降り注いでいるためか、日を遮って暗くなった館の中は見通せない。

右手に並ぶ花輪又三郎が小声をかけた。

「さっきから十回ぐらい背伸びをしているぞ。左様に身を動かしているのは不細工なことだ」

少し恥ずかしく思って鼻の頭を掻きつつ、勘五郎は「それでも」と返した。

「気にならんはずはあるまい」

すると花輪の向こうで、北村源右衛門がくすくすと笑った。

「まるで、初めて逢引をする未通女《おぼこ》だな」

左手に並ぶ藤太が、この軽口を聞いて吹き出した。勘五郎は左右に目を遣って抗弁する。

「俺たちの大将で、全軍の総大将なのだぞ」

そもそも、当主直属というのも名ばかりなのだ。武田攻めでは酒井忠次の下に置かれたが、常駐ではない。戦ごとに何れかの将の下に差し向けられ、便利屋のように扱われる身であった。それが拝謁を許されるとは、またひとつ甲斐衆の、己の武が認められたからではないか。

「だいたい、今まで――」

続けようとしたら、全体が軽くざわめいた。それはすぐに静寂へと変わる。皆を包む空気が明らかに変わった。

勘五郎は口を閉じて前を向き、最前からの花輪と同じく直立不動となった。自らの前に並ぶ者が多く、やはり見渡せないが、館の中から外廊下へと歩を進める静かな音だけは聞き取れた。

「甲斐の者共よ。初めての目通りとなるな。わしが家康じゃ」

声音は少しばかり甲高い。いくらかのんびりした口調は、本当に当主かと思うほどに鋭さを感じさせなかった。

勘五郎は前を向いたまま、藤太に囁いた。

「見えるか」

「背は少し低い。体も顔も丸い」

会話を聞き付けたか、列の前方に並ぶ孕石備前がちらりと後ろを向いた。厳しい目に、勘五郎は少し肩をすくめた。

不意に、家康が笑い声を上げた。何とも鷹揚な哄笑《こうしょう》である。意味が分からず、きょとんとしたが、孕石が軽く頭を下げたことで事情が知れた。

家康は何ごともなかったかのように言葉を続けた。

「皆々、家の者は呼び寄せたか」

その問いに、一斉に頭を垂れる。だが、ただひとり藤太だけは頭を上げたままであった。自分だけ武士となり、家族は未だ甲斐で百姓をしている。慣れぬ地に引っ張って来ることはできぬと言っていたが、今はそういう話ではない。

「おい」

囁きで左隣を一喝すると、藤太も渋々という風に頭を下げた。家康は皆の様子を一瞥して「よし」と発し、続けた。

「今まで其方らに会わずにおったこと、まずは詫びておこう。色々と忙しくてな。……が、此度はどうしても、わし自ら話をしておきたかった」

どういうことだろう。訝《いぶか》しむ面持ちになるのが自ら分かった。

家康は少し言葉を切り、軽く咳払いしてから大声を上げた。

「我らが盟友、織田信長公より、武田の残党を狩れとの求めがあった」

居並ぶ甲斐衆は、一斉にどよめいた。家康が姿を現した時より、ずっと騒がしい。

「まあ」

のんびりとした大声で、そのどよめきも瞬時に静まる。

「言ってしまえばな、信長公も武田残党の力、強さを恐れておるということよ。分からんでもない。何しろ……三方ヶ原では、徳川も完膚なきまでに叩きのめされたからのう。わしなどは浜松に逃げ帰る道中、あまりの恐ろしさに糞《くそ》を漏らした」

家康は「あはは」と屈託のない笑い声を上げた。甲斐衆の中にも、釣られて笑う者があった。

「山縣の赤備え。おまえらに追われて、だ」

正しくは九十人のうち、山縣隊だった者は四十七人しかいない。だがこの声音には、皆が背に粟《あわ》を立てたことだろう。抜き身の刀のような鋭さを湛えた、峻厳なひと言であった。緩みつつあった甲斐衆の心が、瞬時に引き締まった。

家康はしばし無言であった。旧赤備え、ひとりひとりの背に小さな気の震えが見える。

「この求めに応じれば」

再び発せられた言葉は、最前の声音に戻っていた。だが、誰ひとり安堵する者はなかった。

「其方らの首とて、取ることになるやも知れん」

言ったきり、家康はまた押し黙った。無言の時が長くなるほどに不安が頭をもたげ、皆の雰囲気が乱れていく。勘五郎も同じであった。甲斐から呼んだ者はなくとも、嫁に取って三ヵ月の妻がある。

「恐れながら」

声を上げたのは、孕石であった。

「殿におかれては、信長公のお求めをお受けなさるおつもりでしょうか」

少し甲高い声で、家康は物珍しそうに問うた。

「名は」

「孕石備前守にござる」

家康は「ふむ」と頷き、問うた。

「其方は、どうしたら良いと思う」

孕石は口を噤み、しばしの後に再び発した。

「我らは既に徳川の者にござる。主家のために首を献じよと仰せられるなら、何を厭《いと》うこともございませぬが……下策であると申し上げます」

「然らば上策とは何だ」

間髪を容れず返された問いに、孕石も即座に応じた。

「恐ろしき者共ゆえ殺すと仰せあれば、野《や》に潜む武田残党は結託して牙を剝《む》きましょう。徳川家に我らがあるを利と為し、取り込まれては如何《いかが》かと」

「信長公の仰せに逆らえば、どうなるか分かって言うておるのか」

いくらか厳しさを取り戻した家康の声にも、孕石は動じない。

「我ら元山縣隊……赤備えは、かつて最強と謳われた武田家に於いて、天下取りの先鋒でござった。殿が如何《いか》にしても信長公を恐れると仰せられるなら、我らは不要にござろう。ゆえに、首を献じることをも厭わずと申し上げた次第」

何という胆力であろうか。家康と舌鋒《ぜっぽう》で戦っている。家康は三たび黙った。

しばしの後、家康は重々しい声音で、重い沈黙を破った。

「余の者はどうか。孕石と同じ心づもりの者は立ったままで良い。そうでなければ座れ」

その言葉に、総勢九十人のうち八十人以上が跪《ひざまず》いた。藤太もその中のひとりであった。

勘五郎も腰を落としかけた。脳裏に芳の顔がちらついたからだ。だが曲淵宗立斎、広瀬将房、そして当の孕石が胸を張って立っているのが目に入ると、激しく二度頭を振り、腰を伸ばして胸を張った。

「ふっ……ははは、はは、あっははははは！」

家康が、何とも愉快そうな笑い声を上げた。多くの者が跪いて、初めて姿が見えた。丸顔に、きょろきょろと大きな二重の目、どっしりと鼻が据わっている。小柄ながら恰幅の良い男だ。

今少し笑うと、家康は「はあ」と大きく息を吐いた。

「座った者どもは家の者たちを思うたのであろう。だが浜松に呼んでおるからには、其方らはそれを守るため、ひいては徳川の領を守るために、死に物狂いで働くと見た。立っている者どもは、徳川の行く末をより重く考えたのに違いあるまい。それはな、どちらも正しいのだ」

そして、立っている者に向けて問うた。

「其方ら、名は」

「曲淵宗立斎」

「広瀬将房にござる」

「長坂十左衛門《ながさかじゅうざえもん》です」

「それがし、脇五右衛門《わきごえもん》」

「藤田治部衛門《ふじたじぶえもん》と申します」

孕石を除く五人が名乗り、家康の目がこちらを向いた。何故か背筋に寒気を覚えた。

「成島勘五郎にござります」

家康は満足そうに頷いた。

「さて……我らの取るべき道だが。先に孕石が申し、余の六名が賛同したとおりだ。徳川は武田残党を迎え入れる。だが、表向きは残党狩りの求めを受けたということにしたい。先んじて抱えた甲斐衆を差し向けると言えば、まあ其方らの首までは求められまい。つまり……分かるな。其方らが陰で進めよ」

命じる言葉は、先に少しだけ聞いた厳かな響きになっていた。

「わしはこの先、信長公の招きに応じて安土《あづち》に向かう。その後は京見物などをすることになる。信長公が饗応《きようおう》に気を取られている間に、できるだけ多くを引き込んでおけ。今、ここで立っておる者を中心に進めるが良かろう」

家康はそれだけ言うと、本丸館の中に消えて行った。

「勘五郎殿」

左手から小さく声がかかる。藤太であった。

「俺を見損なったろう」

勘五郎は微笑みと共に首を横に振った。

「俺も座りかけた」

小声で話していると、館の奥から進み出でた者が大声に呼ばわった。

穴山信君であった。

「其方ら。殿から話は聞いた」

穴山はこの先、家康に随行して安土に向かうそうだ。しかし武田残党を引き込むことには最大限に助力すると言う。

「信長公が河尻秀隆殿に甲斐を与えながら、徳川の飛び地を認めたのには訳がある。我らに武田残党狩りをさせつつ、河尻殿に見張らせる腹であろう。中々に厳しいが、逆手に使えばどうなるか。其方らも、我が家臣も甲斐を知り尽くしておるのだ。地の利は我らにあり。河内に書状を遣わしておくゆえ、存分に働くべし」

そして穴山は、曲淵に甲斐衆のまとめ役を命じた。

「頼むぞ。武田家を、なかったことにせぬためだ」

主君に命じられたからと言うより、自らがそれを望むという風だった。武田一門衆ながら徳川に寝返ったのは潔《いさぎよ》からぬことだが、この人は何とか武田の血だけは残そうとしたのかも知れぬ、と思えた。

浜松城を辞して城下に帰る道すがら、勘五郎は孕石に声をかけられた。

「勘五郎、良くぞ立っておったな」

そう言われ、一礼する。並んで歩いていた藤太の跪く姿が、目の端に映った。

孕石は鷹揚な笑みで藤太を一瞥すると、続けた。

「家康公の胸の内が、おまえには分かったと見える」

「いえ。俺は孕石様のお言葉で踏み止まったに過ぎません。赤備えは天下取りの先鋒だという、あのひと言です」

途端に、孕石の顔は「やれやれ」というものになった。

「おまえは話を聞いておったのか。その言葉で踏み止まっておいて……。ならば、言っておかねばなるまい。良いか、家康公は食えぬお人ぞ。今は信長公に従っているが、行く行くはそれを覆《くつがえ》して天下を取る気でおられる」

「おお……」

驚きで、それ以上の言葉が出ない。孕石は「心して聞け」と目で語った。

「武田残党の引き込みも、そのためだ。……が、用心を怠るなよ。万が一にも織田家に漏れるようなことがあらば、その時は我らの皆が首を刎《は》ねられると思え。家の者も一緒にだ」

何たることか。自らの置かれた立場を思い知った。

「それはつまり……織田家に漏れたら、徳川の立場が苦しくなったら、我らが捨石にされるということですか」

「そうだ。皆の家の者を浜松に呼び寄せたのも、今日の話で重ねてそのことを仰せられたのも、釘を刺すためだ」

家康に名を問われた際と、全く同じ寒気を覚えた。それを振り払うように、小さく、鋭く首を横に振る。

「しかし孕石様、我らは捨石になどなりませぬ。そうでしょう」

力強く頷く孕石を見て、勘五郎は目元を引き締めた。

「ならば武田残党を多く語らい、山縣隊だけでなく、小幡隊、浅利《あさり》隊の赤備え二隊も集めて見せるまで。家康公の思惑を超えるのです。

そして俺たちはまた、天下を取るための隊になるのだ」

右手に、ぐっと拳を握った。孕石はこちらの肩を軽く叩き、次いで藤太の肩もぽんと叩くと、去って行った。

数日後から甲斐衆は、曲淵宗立斎を中心に、穴山領との連絡を取った。織田の重臣・河尻秀隆が治める地の只中とあって、互いの役目に関わりのないことについては、甲斐衆の中でも極秘にするという徹底ぶりであった。また織田家の動静も、慎重を期して探り続けた。

しかし――。

家康への目通りからひと月足らず、天正十年六月二日、京の本能寺《ほんのうじ》で織田信長が横死した。重臣・明智光秀《あけちみつひで》の謀叛による。

報をもたらしたのは、当の家康であった。安土で信長の饗応を受けた後、上方見物に出ていたところ、逗留していた和泉《いずみ》国の堺《さかい》で変事を知ったという。信長に加勢する暇もなく、命からがら三河岡崎まで逃げ帰って来たのは、変からわずか二日後のことだった。

浜松で工作の手筈《てはず》を談合していた甲斐衆は、さらにその翌日、ひととおりを知った。報じられたのは変事に加え、穴山信君の死であった。甲斐河内の穴山領を拠点とするはずだった工作は、当然ながら全てを止めざるを得なくなった。

家康の逃避行に大功があった者は、三人いるという。

京の豪商、茶屋四郎次郎《ちゃやしろうじろう》は変後の京の様子をこと細かに報じ、また物資を惜しみなく援助した。徳川家足軽大将・服部正成《はっとりまさしげ》は、父祖の地・伊賀《いが》の忍び衆を味方に付け、家康一行を無事に伊勢《いせ》まで導いた。

そして、もうひとり。伊勢の一揆衆から主君を守るべく、獅子奮迅《ししふんじん》の働きを見せた者として、あの井伊万千代の名が聞こえてきた。

五　新生

本能寺の変から十二日後の六月十四日、勘五郎と藤太は孕石備前に随行して甲斐にあった。成島の旧領――かつて勘五郎の屋敷だった廃屋で、武田遺臣の三井弥一郎《みついやいちろう》と相対している。

三井は十一年前、齢十三で父の後を継いで山縣同心衆となった。勘五郎や藤太の同僚だった男だが、七年前の長篠の戦いでは留守居《るすい》に残され、従軍していなかった。従って赤備えの瓦解《がかい》後も武田に仕えていたが、主家が滅亡してからというもの、厳しい残党狩りに追われていた。

成島の廃屋を三井の雌伏《しふく》先に手配したのは、勘五郎本人と孕石備前である。その孕石が三井の正面、孕石の右手に勘五郎、左手に藤太、四人で車座になっていた。

破れた障子から入る陽光は多分に心許ない。そうした中でも、三井のつるりとした下膨れが朱に染まっていることは分かった。

「どういうことです、これは」

三井が不平を漏らすのには理由がある。三河時代からの徳川家臣・本多信俊《のぶとし》が、甲斐の河尻秀隆に斬られたからだ。

織田信長が横死した直後、家康は信俊を甲斐に遣わした。織田の地盤である美濃《みの》に戻るよう、河尻に勧告するためである。当主を失った織田家に対し、武田の遺臣が不穏な動きを見せているというのが理由であった。

事実、その動きはあった。否、当の家康によってそう仕向けられていたのだが、信俊が斬られたことで筋書きに狂いが生じている。

孕石が少し申し訳なさそうに口を開いた。

「本多様が斬られるとは思わなんだ。家康公も同じお気持ちであろう」

三井は溜飲の下がらぬ様子で返す。

「徳川が甲斐を取り、我らを迎えてくれると聞いて、心待ちにしておる者も多いのです。皆に声をかけた俺の身にもなってくだされ」

孕石は声を少し大きくした。

「話は最後まで聞け。既に家康公から次のお下知があった」

三井の顔がぱっと明るくなる。孕石は「現金な奴だ」とばかりに苦笑を漏らした。

「まず徳川が武田遺臣に援助しているのは、この地だけではない」

甲斐の各地には旧山縣隊を始めとした甲斐衆が派遣されているが、家康はその他にも手を回していた。信濃では佐久《さく》郡の豪族・依田信蕃《よだのぶしげ》に向け、やはり武田遺臣を集めるよう要請している。また駿河清水《しみず》城の岡部正綱《おかべまさつな》には、甲斐府中から南に五十里足らずの下山《しもやま》に築城を命じていた。

「言ってしまえば、河尻殿が本多様の口車に乗らなかったのも、その動き……家康公の本心を察しておるからだ。ならば、本多様を斬っても首筋の寒さは変わるまい」

「河尻秀隆は、やはり美濃に戻ると？」

「そう仕向ける」

孕石が、ちらちらと左右に眼差しを流した。勘五郎は三井に向いて小さく発した。

「一揆だ。俺たちが百姓衆をけしかけている」

勘五郎の後を藤太が引き継ぐ。

「治める家が織田に替わっても、百姓の負担は少ししか軽くならん。武田に七割近く召し上げられていて、それでも食って来られたなら、ってな。武士の考えなど、そんなものだ」

「飯沼殿も、もう武士でござろうに」

呆れたように返す三井に、藤太は苦笑とも自嘲《じちょう》とも付かぬ、何とも言えぬ面持ちで笑った。

そういう二人を見て、勘五郎は軽く頭を振った。遠い昔、まだ己が百姓の子らにいじめられていた頃、うちから取った米を返せと罵《ののし》られたことがあった。五割の年貢でもそうなのだ。

「草の根や虫を食って繋ぐ……我慢にも限度がある」

藤太も小さく頷いた。曖昧な笑みは消えていない。勘五郎はそれを見つつ、続けた。

「成島の旧領は、俺と藤太の顔見知りだらけだ。全てまとめてある。この百姓衆が他の村に話を付けに行っているからには、遠からず……な」

三井が少し眼差しを鋭くする。これに応じて孕石が言葉を継いだ。

「それが家康公のお下知だ。大掛かりな一揆が起きても、揺れ動いている織田家が援軍を寄越せるはずなどない。河尻殿は逃げるしかなかろうよ。三井、おまえとて赤備えの生き残りだ。何を為すべきか、分かるな」

じっと見つめる孕石の目に、三井は「はい」と応じた。

三日後の六月十七日、甲斐の村々は一斉に蜂起した。国主・河尻秀隆は兵を出して応じたものの、鎮圧するには至らなかった。織田の兵は、やはり揺れ動くところが大きい。対して一揆衆は武田残党の力を借りている。

翌十八日、ついに河尻は躑躅ヶ崎館を捨てて美濃を指した。が、北にほんの二里ほど行った岩窪《いわくぼ》の地で武田残党に襲われ、討ち死にした。

河尻を斬ったのは三井弥一郎であった。

＊

河尻秀隆の討ち死にから溯《さかのぼ》ること五日、六月十三日には、毛利《もうり》家を征伐するため播磨《はりま》に向かっていた羽柴秀吉《はしばひでよし》が京に取って返し、謀叛した明智光秀を討った。

六月二十七日に清洲《きよす》会議――今後の織田家の舵取《かじと》りを定める評定《ひょうじょう》が開かれた。当主・信長、嫡子・信忠《のぶただ》を共に本能寺の変で失った織田家は、信長の嫡孫・三法師《さんぼうし》が継ぐこととなった。未だ三歳の新当主を後見するのは、信長の次男・信雄《のぶかつ》と、明智征伐で大功あった羽柴に決まった。

通り一遍の形は付いたが、やはり織田の動揺は激しい。これを傍観している者があるはずもなく、隣国は旧武田領を切り取りに動いた。織田第一の盟友たる徳川からして、甲斐に食指を動かしている。織田領の安定という名目こそあれ、その実が侵攻であるのは誰の目にも明らかであった。

徳川に大義名分があるなら、もう一方の盟友・北条にも同じ強みがある。北条氏政は嫡子・氏直《うじなお》に四万三千の大軍を付けて上野に出し、当地の主であった織田重臣・滝川一益を攻めた。滝川軍を撃破した北条氏直は上野から信濃へと兵を進めた。

そしてもうひとり、上杉景勝《かげかつ》も信濃に手を伸ばした。関東管領《かんれい》家として騒乱を収束させる責任がある、という名目である。

三つの勢力が入って千々に乱れた旧武田領に、織田家は何もできなかった。そもそも武田征伐戦から、まだ三ヵ月余しか経っていない。安定して治めていたとは言い得ぬ状況下で、引き続き統治を維持していくことは困難だった。

七月三日、徳川家康は手勢一万を率いて浜松を出陣した。勘五郎や、先に引き込んだ三井弥一郎らも参陣した。国主のいない甲斐に入ることは容易く、九日には全軍が府中に到着し、徳川による甲斐一国の占領は成ったかに見えた。

だが、異変が起きた。

八月二日の夜、勘五郎は曲淵宗立斎に呼び出された。場所は家康の旗本先手組・榊原康政の陣所であった。

「成島、参上仕《つかまつ》りました」

陣幕の入り口で一礼する。改めて中を見ると、見知った顔が具足に身を包み、篝火に照らされていた。曲淵宗立斎、広瀬将房、孕石備前、長坂十左衛門、脇五右衛門、藤田治部衛門である。それらが左右に座を得て向かい合わせの列を成し、最も奥には見慣れぬ三十路顔があった。恰幅の良い丸顔に細く鋭い目は、榊原であろう。

「入れ」

曲淵に促され、今一度頭を下げて内に進む。勘五郎は向かって右手の末席に腰を下ろした。

「さて」

榊原が発した。低く、良く響く声であった。

「ここに集めた七人は、余所者《よそもの》の分際で、我らが殿に逆らった奴輩《やつばら》だ」

織田信長から武田残党狩りを要請された際の話か。受けるべからず、むしろ武田遺臣を取り込むべしと孕石が唱え、余の六人はそれに賛同した。

曲淵が渋く割れただみ声を上げ、語気強く返した。

「恐れながら」

「待て」

眼光鋭く榊原が遮る。そして軽く瞼《まぶた》を閉じ、少しの後に再び目を開いた。眼差しは穏やかなものになっていた。

「咎める気は、さらさらない。わしも、殿もな。むしろ其方らを頼もしく思う」

曲淵も声を和らげて応じた。

「我らの考えが、家康公の御意と同じだったからでしょうか」

「それが、徳川により多くの益を生む立ち回り方であった。甲斐衆の中でも、其方らはいち早く徳川の者になったと言って良かろう」

榊原の言いようを聞きつつ、勘五郎は少し居心地の悪いものを覚えた。山縣寄騎衆だった曲淵や広瀬、寄子衆だった孕石や長坂は、大きな見地から考えてのことだったろう。同心衆だった藤田や脇にしても、己より年嵩である分、或いは皆と同じ見方ができたのかも知れぬ。

「恐れながら」

勘五郎は、おずおずと声を上げた。すると孕石が制した。

「おまえの嫁は遠州の出だ。あとは早々に子を作れば済む」

そのひと言で、皆がくすくすと笑う。榊原までが笑いを噛み殺した顔であった。確かに孕石の言うとおりだが、何ともばつが悪く、肩をすくめて小さくなった。

少し顔を赤くした榊原は、しかし声音を厳しいものに変えた。

「実は、ちと旗色が悪い。酒井様が退いた」

酒井忠次は家康の一万とは別の三千を率い、先んじて甲斐に入っていた。今は信濃に進み、諏訪《すわ》の高島城に籠もる諏訪頼忠《よりただ》を攻めているはずである。それが急に退いたという話に、皆が困惑顔になった。

勘五郎も同じである。高島城の兵は五百ほどと聞いていた。百戦錬磨の酒井が三千を率いながら撤退に追い込まれるとは、少々考えにくい。

皆の怪訝な顔を見て、榊原は腕組みで「さもあろう」と溜息をついた。

「北条がな。上杉と和議を結んだらしい」

旧武田領は徳川・北条・上杉の草刈場と化している。上野から信濃に入った北条軍は、北の上杉と南の徳川に挟まれる格好となっていた。

曲淵が「むう」と唸った。

「それは驚くべき話ですぞ。上杉がよく承知したものじゃ」

上杉景勝はかつて、北条から入嗣《にゅうし》していた上杉景虎《かげとら》と家督を争った。

信濃への出兵も北条に益を取らせぬためだったはず、と曲淵は言う。

榊原は憤懣《ふんまん》やる方ないという面持ちで、小さく頷いた。

「信濃の北四郡には手出しせぬと言えば、聞くだろう。つまり北条は、目の前に据えられていた膳を上杉に譲ったのだ。だが腹は減っている。代わりが必要だ」

それが甲斐なのだ。ざわ、と皆が声を上げる中、広瀬が問うた。

「では北条の大軍が酒井殿を？」

「戦になる前に、どうにか退き果《おお》せたがな。しかし北条軍四万三千は、そのまま若神子《わかみこ》城を指している。我らは殿の本隊だけでこれと向かい合わねばならん。先鋒は其方らだ」

言いつつ、具足の首の辺りから、窮屈そうに何かを取り出した。果たしてそれは、小さく折り畳まれた紙であった。丁寧に開き、こちらに向ける。

「殿は八千を率いて新府城《しんぷ》に向かわれる。其方ら、わしの下に付いて本隊の先鋒を務めるべし。北条の大軍を真っ先に迎え撃たねばならぬからには、隊を改める必要もあろうと、殿がご下命なされた」

向けられた紙には「寄騎扱　曲淵宗立斎」の文字を先頭に、個々の名が記されている。広瀬、孕石までが寄騎の扱いで、他は寄子の扱いとされていた。それらの最後に勘五郎の名もあった。

「改めるも何も、其方らが山縣隊で負うていた立場に戻すだけだがな。中には少し引き上げられた者もあるが」

そう言って、榊原はまず孕石の顔に眼差しを遣り、然る後にこちらを一瞥した。

「期待の現れと思うておけ」

どくどくと、胸が脈を打った。かあっと頭が熱くなるのが分かる。

勘五郎は勢い良く頭を下げた。

「力を尽くします」

頭を下げたままの己に、榊原は小さく鼻を鳴らした。嘲《あざけ》ったのとは違うだろう。

「成島よ。北条は四万三千、我らは八千。しかも先鋒は其方ら甲斐衆と足軽のみ、たったの六百だ。そのことを忘れるな」

何を言われているかは重々承知している。顔を紅潮させたまま、勘五郎は頭を上げた。

「真に強き者は抜きん出た手柄を上げ、生きて帰る。それが山縣隊の是でした」

「赤い具足がなくてもか」

真剣な眼差しで問う榊原に、力強く返した。

「赤い色も、最強の名もありません。それでも、です」

榊原は「よし」と頷いた。

八月十日、家康率いる八千の本隊は、躑躅ヶ崎館の北西二十里にある新府城に入った。北条軍はさらに十里の北西、八《やつ》ヶ岳《たけ》裾野の台地にある若神子城に着陣し、徳川本隊と相対した。

だが両軍の間には、牽制程度の小競り合いがあるのみだった。八十日の対陣で最大の戦いは、躑躅ヶ崎の留守居二千が北条の別働隊一万を退けた黒駒《くろこま》合戦である。これとて北条の損兵は三百と、微々たるものでしかない。

大した戦いもないまま対陣が終わったのは、家康が調略の手を回したことによる。

まず西上野の沼田《ぬまた》や吾妻《あがつま》、東信濃の小県《ちいさがた》を領している真田《さなだ》昌幸《まさゆき》を語らった。真田はかつて武田の臣だったが、主家の滅亡や織田の混乱に乗じて独立を果たすべく、家康の調略に乗った。

加えて武田滅亡の引き鉄《がね》を引いた木曾義昌、南信濃の小笠原貞慶《さだよし》、つい先頃まで攻め立てていた諏訪頼忠らを次々と籠絡《ろうらく》して北条軍の輜重を襲わせる一方、北条家と敵対している常陸の佐竹義重《よししげ》にも書状を送って牽制させた。

数々の手管が功を奏し、十月二十九日、ついに北条側が講和を申し入れてきた。冬を迎え、退路を絶たれることを恐れたためであった。

家康はこれに応じ、あの井伊万千代を使者として小田原に送った。和議の上で、甲斐と信濃は徳川が、上野は北条が切り取り次第、相互に干渉しないことが取り決められた。これを以て徳川軍も、浜松へ返すこととなった。

帰還について、ことの次第を孕石から聞かされ、勘五郎は井伊の実力に驚愕した。

如何に向こうからの申し入れとはいえ、関東一円を席巻する大国相手の交渉である。世を広く知り、礼節正しく、機転が利く者でなければ務まらない話だ。判断を誤らぬ知性や、桁外れの胆力も求められよう。交渉の実際を知らぬ身であっても、それは自明であった。

つまり井伊はそういう力を持っていると、家康――あの狸親爺《たぬきおやじ》に認められている。以前の田中城攻めに於いて暴勇、或いは蛮勇とも言うべき振る舞いを見せた男とは重ならぬ気がするが、それが人というものの奥行きなのだろうか。

ともあれ、戦は終わった。正直なところ拍子《ひょうし》抜けの感が否めない。そのせいか、明日は発つという十一月一日の晩、勘五郎は眠れないでいた。

誰も彼も同じ扱いだった今までとは異なり、寄子扱いとなった勘五郎は不寝番を免ぜられている。将や寄騎と違って陣幕こそ与えられないが、焚き火の傍で筵《むしろ》を被り、悠々と眠っていて良いはずであった。

何度めかの寝返りを打った頃、不寝番を交替して引き上げた藤太が右手に来て座った。

「眠っておられるか」

気遣ったのであろう、小声である。勘五郎は少しほっとして身を起こした。

「何だ。用があるんだろう。眠れなかったところだし、ちょうどいい」

藤太はすぐに頷いた。が、どこか躊躇うような曇りを頬に宿している。

「どうかしたのか」

無言で、あやふやに頭を振る。勘五郎は溜息で応じた。

「何もないのに、俺が起きているかどうか訊いたのか」

藤太は困ったように俯き、しばしの後に口を開いた。

「勘五郎殿は、いいなあ」

思うところを測りかねて、怪訝な顔になった。

「ええと……寄子扱いになったことか」

そうだとも、違うとも返さない。取りあえず、肯定したものと判じた。

「出世したことは素直に嬉しい。浜松に帰れば、芳も喜んでくれるだろう」

言葉を継いだら、藤太は少し安心したようである。うん、うん、と頷きながら聞いている。

「だが今回、甲斐衆の戦いぶりを家康公にお見せできなかったのは心残りだ」

すると藤太は「はは」と乾いた笑い声を漏らした。

「やはり羨《うらや》ましいな」

「おまえの強さなら、すぐ俺と同じになるさ」

「違う。そうじゃあないんだ」

勘五郎は、小さく唸った。

「良く分からんな」

昔は以心伝心という二人だったが、いつからだろう、通じ合わぬものが増えた気がする。藤太は苦しいような、穏やかなような、思い詰めたような、それでいて朗らかな面持ちであった。

「なあ。これで甲斐は徳川の領だよな」

向こうから沈黙を破ってくれて、ほっと息が抜けた。

「正しくは切り取り次第という話だが、これだけ長く府中に陣取ったんだ。そうなるだろう」

藤太は、ゆっくりと頷いた。

「勘五郎殿は俺の上役だ。だから勘五郎殿に言う。俺は……甲斐に戻りたい。孕石様に頼んでみてはくれんか」

目が丸くなった。まさか——。

「俺の下が嫌なのか」

恐る恐るのひと言に、藤太はきっぱりと首を横に振った。

「嫌なものか。元々が下人筋だし、そのままでも満足だった。それが武士になって、今では徳川の者になって……でも俺は、勘五郎殿と同じにはなれそうにない」

悟るところがあった。芳と夫婦《めおと》になり、己は自らの根をすっかり浜松に移している。孕石も曲淵も、広瀬も家族を浜松に移した。花輪や北村とて同じだ。藤太だけが違った。

勘五郎は口を噤んだ。昔は藤太が己を支えてくれていたが、今は己が藤太を支えてやらねばならぬ。その思いで再び口を開いた。

「ずっと一緒にやってきたじゃないか。山縣様の赤備えになった時、名に恥じぬ働きをしようと、二人で喜び合っただろう。俺は――」

おまえと共に強く戦いたいのだ。その全てを言いきる前に、藤太の呟きが遮った。

「赤備えはなくなったんだよ。山縣様も、もういない」

泣き言と聞こえるひと言で、勘五郎は勢い良く顔を上げた。胸中に火が点《つ》き、大声で捲《まく》し立てる。

「何を言っている。その山縣様に生きろと言われて、徳川に仕えたのだろう。同じ思いで主家を替えた甲斐衆の皆と離れ、ずっと一緒にいた俺とも離れることになるのだぞ。それでもか」

藤太は何とも寂しそうに目を伏せた。

「そうだな。でも……武士として生きることが、全てなのか」

言葉に詰まった。総身を固めた己を見て、藤太は「すまん」と詫びた。

「勘五郎殿がいて、皆がいて、俺も浜松は好きだ。でも、それとこれとは違うんだ。三井を……弥一郎を引き込んだ時に、そう思った。長篠で負けた後も、あいつは甲斐で生きてきた。羨ましいんだよ。勘五郎殿も、弥一郎も」

「おまえ、百姓に戻る気か。戻れるのか」

藤太は小さく頭を振った。

「畑は長男が継ぐものだ。俺は次男だからな。けれど、武士のままでも甲斐で働けたら、どれほど嬉しいか。勘五郎殿は考えたことがないのか」

はあ、と大きく溜息をついた。

「……言われて、初めて考えた」

分からぬでもない。己にとっても、やはり甲斐は生まれ故郷である。こうなると何を言ったところで、藤太の気は変わるまい。そう思うと途端に悲しくなって、勘五郎は胡坐をかいた自らの足許へと目を逸らした。

「明日にでも、孕石様に申し上げてみる」

掬い上げるように、眼差しだけを向けた。藤太はようやく、にこりと笑った。いくつもの思いがない交ぜになった笑顔であった。

翌日、勘五郎は約束どおり、藤太の思いを孕石に伝えた。孕石は終始仏頂面だったが、終いまで聞くと、榊原康政を通して家康に言上《ごんじょう》すると約束してくれた。

だが藤太の希望が叶えられることはなかった。浜松から出陣した兵は、全てが浜松へ帰ることになった。

帰路、藤太と並んで歩を進めた。互いに無言のままだったが、駿河との国境まで来ると、藤太が少し洟《はな》を啜った。

勘五郎は顔を向けずに声をかけた。

「なぁ藤太」

空気の揺れで、こちらを向いたと分かる。

「おまえの頼みが聞き入れられなかったのは……。だが、申し訳ないけれど、正直なところ俺は嬉しい」

ほんの少しだけ満足そうな声で、柔らかく「そうか」と返ってきた。

二人の気持ちが通じていると思えた。

＊

北条との和議が整って間もない十一月末、旧山縣隊だけでない、甲斐衆の総勢が浜松城に召し出された。長篠の戦いで降った者、織田信長の没後に徳川へ仕官した者、様々である。本丸の裏門前、二ノ丸の郭に百人以上が肩を並べ、もう四半刻近くも待っていた。

寄子扱いとなった勘五郎は、自らが率いる同心衆の前に立っていた。初めて家康に目通りした日のように前が見えぬということはないが、藤太や花輪、北村らの前に立つことには未だ慣れなかった。

ちらりと後ろを向く。最後尾の藤太と目が合うと、向こうは口をへの字に結んで「前を向け」という風に顎をしゃくった。甲斐で働けるようにして欲しいと懇願してきた夜のような、何とも言えぬ面持ちではない。いつもどおりの――或いは己がそう思っていただけかも知れぬ――顔をしていた。

前に立つ孕石が、背を向けたまま小声を寄越した。

「落ち着け。わざわざのお召しだ。何かが変わる。その上で考えろ」

孕石はこちらの思いを見通しているらしかった。勘五郎は藤太の顔を今一度見やったが、すぐに前を向いた。

藤太はきっと、故郷への思いを断ち切れていない。何がどう変わるのだろう。己と藤太にとって悪い話でなければ良いが――。

「勘五郎」

孕石のひと言が、思考を断ち切った。

「おまえの下には六人の同心がいる」

勘五郎は恥じて少し俯く。自らの太腿をつねって気持ちを切り替え、顔を上げた。

郭の南側にある二ノ丸御殿から当主・家康が歩を進めて来た。後ろに続く者は四人、三十路と見える三人に混じって、恰幅の良い若き偉丈夫・井伊万千代の姿があった。

「甲斐衆の皆」

家康の声は、少しばかり晴々としたものを湛えていた。

「先の戦では良うやってくれた。甲斐を取れたのも、勝手を知る其方らがあってこそだ」

ふと、家康の背後にある井伊の眼差しに気が付いた。居並ぶ甲斐衆の面々を、じっくりと見回している。

「若神子城の対陣では、其方らが武田にあった時そのままの形としてみたが、驚いたぞ。北条の大軍と正面切っての戦いにならなんだのは、先鋒に用いた其方らの力ゆえと、わしは見た。陣にあるだけで敵を圧するとは、さすがに最強と謳われた武田の武士共よ。本陣の備えとしては実に頼もしいが、これほど鋭い槍を懐深く隠しておくのも芸がない」

家康が右の肩越しに一瞥すると、視線の先にあった井伊が一礼して前に出る。

「そこでだ。其方らの所遇を改める」

直属の隊から外す、と家康は言う。だが、誰ひとりとして声を上げる者はなかった。武士にとって当主の決定は絶対である。

勘五郎は、背後におかしな気配を感じた。顔を前に向けたまま、何とか後ろを見られぬものかと眼差しを流す。無駄と分かっていても、そうせざるを得なかった。

「其方ら」

正面から気を逸らしている間に、太い声が響いた。井伊であった。

「旗本先手組、井伊兵部少輔直政《ひょうぶしょうゆうなおまさ》である」

井伊直政――これまで家康の小姓として幼名の万千代を名乗り続けていたが、旗本先手組と言うからには元服したのだろう。二十歳を少し出たほどか、遅い元服である。

井伊はまた皆をじろりと見回し、己の方を見たかと思うと、眉をぴくりと動かした。

「察しておる者もあるようだが……甲斐の者共は我が配下となる」

このひと言で、最前から背後に感じていた気配が、さらに大きく乱れたように思えた。

井伊は小袖の懐から折り畳まれた奉書紙を取り出して拡げ、目を落とした。しかし家康と他の三人は目を前に向けたままである。藤太の様子を見やることはできなかった。

「寄騎筆頭、木俣守勝《きまたもりかつ》。同じく寄騎、西郷正友《さいごうまさとも》、椋原政直《むくはらまさなお》」

読み上げる井伊の声に応じ、家康の後ろにいた三人が順に「はっ」と声を上げた。井伊は軽く頷いて続けた。

「以上は三河の者だ。三河衆の寄子以下は、別途沙汰する。次いで甲斐衆より寄騎、広瀬将房、曲淵宗立斎、三科形幸《みしななりゆき》、孕石備前」

木俣らに倣い、四人が「はっ」と応じた。井伊は列の先頭に並ぶ四人を見て、軽く頷いた。

「以下、山縣、土屋、原《はら》、一条の、甲斐衆四手が加わる」

勘五郎ら寄子以下の者も、一斉に「はっ」と声を上げた。だが井伊は寄騎衆の時と違って、頷いたりはしなかった。

勘五郎は、ぐっと奥歯を噛んだ。馬伏塚城での夜襲、田中城攻め、井伊と関わった諸々が思い出された。この人は慧眼《けいがん》で、戦って強く、政治向きのことまで捌《さば》ける英邁《えいまい》だ。しかし、今まで上役に戴《いただ》いたどの将よりも冷淡に思えた。

通達が終わると、家康が口を開いた。

「直政隊になった皆に申し伝える」

最前の晴れやかなものと違い、引き締まって厳かな声音であった。

目の前にある孕石の背が、さらにぴんと張った。

（されど、何かが変わる……）

その思いに勘五郎は次の言葉を待った。家康は皆を見回し、ゆっくりと言った。

「其方ら全て、具足を赤く染めよ」

一閃の稲光に身を貫かれたような衝撃であった。半開きになった唇が、小刻みに震えた。

「広瀬将房。山縣の赤備えとは、どういうものであった」

家康の問いに、広瀬は深々と一礼してから答えた。

「赤備えは戦場の華なり。人に先んじて敵に当たり、敵の気を挫《くじ》き、比類なき手柄を上げる。其は全軍の槍、天下を窺うための隊なり。如何に戦功ありとて、生きて帰らぬ槍は真の赤備えにあらず」

朗々と述べられた言葉を聞き、家康は大きく頷いた。

「わしはその働きを皆に託す。甲斐衆が戦って強いことは重々承知しておったが、先の遠征、陣にあるだけで敵を圧した其方らの姿こそ天啓ぞ。その場にあるだけで強い……それは速戦即決、或いは戦わずして勝つことにも繋がろう。そういう槍をこそ、わしは求める」

言葉を切り、今度は井伊に向けて発した。

「直政よ。隊の備えから各々の役回りに至るまで、全ての仕組みは武田流とするが良かろう。武田の力を、そのまま徳川に取り込むべし。一度は敗れて露《つゆ》と消えた赤備えを、わしの求める形に作り上げい。心しておけ。其方でなければ、できぬことぞ」

「はっ」

井伊が深々と頭を垂れた。その背から、ゆらりと湯気が立ったような錯覚がある。

（嗚呼《ああ》……）

長篠の戦いで敗れ去って後、奪い去られた最強の名が徳川で新生した。体の奥底から沸々と湧き上がってくる熱気に、勘五郎の身は震えた。家康がなぜ「井伊でなければならぬ」と言うのかは分からない。

しかし、昂《たか》ぶりだけは井伊と同じであった。

皆の様子を満足そうに眺め、家康は今一度、声を張り上げた。

「今日よりこの隊は、井伊の赤備えである」

曲淵が右手の拳で天を突いた。

「応！」

広瀬が、孕石が、三科が拳を振り上げる。勘五郎もその後に続き、歓喜の声を上げた。

＊

北条との和議をまとめた功績を以て、井伊直政は駿河に所領を加増された。もっとも家康側近の旗本先手組ゆえ、別命がなければ浜松に詰めている。配下となった勘五郎らも引き続き浜松城下にあった。

井伊配下となったことで、日頃の役回りも変わった。

広瀬将房と三科形幸は、井伊に山縣流の弓矢を教えているという。曲淵宗立斎や孕石備前も、武田流の軍学を教えているそうだ。勘五郎らの寄子以下は、家康の居所、本丸館の警護を日常とするようになった。

出仕せぬ日は各々武芸を磨けと、井伊から通達されている。もっとも武士である以上、それは言われるまでもない。非番の今日、勘五郎は朝から剣の稽古をしていた。正式に寄子の身分となったことで屋敷割りも変更され、庭も少しばかり広くなっている。

「ふんっ……」

木刀で巻藁《まきわら》に打ち込む。切っ先が藁の中央に当たり、振り抜く太刀筋が少し乱れた。勘五郎は小さく舌を打ち、ふう、と大きく息を吐いて、左の拳で額を拭った。

「精が出ますね」

縁側に歩を進めた芳が声をかけた。

「そろそろお昼にしませんか」

このところ、芳はにこやかであった。夫の出世が嬉しいのは妻として当然だろう。しかし、と思う。勘五郎は乱れた小袖を整えながら、軽く首を傾《かし》げた。

「剣を振れば良いというものでもない」

芳の方へと歩み寄りつつ、木刀の柄を少し斜めにしたり、縦にしたりして、先までの稽古を思い出す。巻藁の中央を叩いたのが気に入らなかった。他の皆に比べて力が弱い己の剣は、傷を負わせて怯ませねばならぬ。藁の端を掠めるぐらいであるべきだった。

「気が昂ぶっておいでなのですよ。赤備えですもの」

縁側に腰掛けて、足を洗ってもらう。その間も芳は良く喋った。もっぱら、赤備えについてのことであった。

「私ね、赤備えは恐い赤鬼の集まりだって、父から聞かされていたんですよ」

「喜三郎さんから聞いた。おまえ、本気にしていたらしいな」

芳は、恥ずかしそうに肩をすくめた。

「でも鬼なんて、とんでもない。こんなに立派な旦那様ですものね」

ころころと笑う。頬骨の立った細工の拙い顔が、何とも美しい笑みに包まれたのを見て、勘五郎も小さく苦笑を漏らした。気が昂ぶっているのは己ではない。妻の方だ。

足を洗い終えて家に上がる。かつては広間の他にひと部屋だけだった家は、二部屋になっていた。

小鰯《こいわし》の生姜《しょうが》煮と芋汁で芳と共に飯を取ったが、正直なところ、あまり味が分からない。心の内に思い悩むことがあるからだ。

赤備えが新生した日、己は歓喜に打ち震えた。藤太も気持ちを切り替え、同じように喜んでくれるに違いないと思った。だが相変わらずだった。甲斐から引き上げる前の晩のような、沈んだ様子を見せているではないものの、赤備えに戻ったことで何か感じている風でもなかった。

「十二月の、六日か」

「え？」

きょとんとした芳には答えず、勘五郎は飯に汁をかけ、ざらざらと流し込んだ。

「少し出て来る」

「どちらへ？」

「藤太の家だ。奴も非番のはずだからな」

座を立って玄関に向かうと、芳が飯を途中にして後を追う。足半《あしなか》――爪先から土踏まずの辺りまでの草履を履き、自ら木戸を引き開けて、勘五郎は外に出た。

寄騎、寄子、同心のひと組は、概ね居を近くしていた。勘五郎の家は孕石の屋敷の前、寄子三人が軒を並べる一番東側にある。寄子衆の家の背には、それぞれ六人から八人の同心が狭い家を連ねていた。藤太の家までは、百も数えぬうちに着いた。

生垣の外から覗き込むと、藤太は猫の額ほどの庭で土をいじっていた。

「今度は何だ」

声をかけると、「おう」とにこやかな顔が向けられた。

「これは大根だ。春ぐらいには食えるようになる」

何とも言えぬ思いを持て余しつつ、勘五郎はすぐ左手の門をくぐって庭へと進む。

「武芸は磨いているか」

「……武士だものな」

返答には少しの間があった。まさか、と目を向けると、藤太は微笑を浮かべて頭を振った。

「やっているよ。土いじりは勤めと稽古の合間だ」

「ならば、いいが。俺たちは赤備えなのだぞ」

「ああ」
軽く頷いて、再び土に目を戻す。違う、と勘五郎は思った。
遠い昔、二人して山縣の赤備えに加わった日の藤太からは、弾ける
ような喜びが感じられた。今のこの男からは、そうした高揚が滲んで
すらいない。
つい危ういものを見る目になってしまう。それを察してか、向こう
も土に目を落としたままだった。何と言ったら良い。思いながら、口
を開きかけては閉じることを数度繰り返した。
やがて、藤太がぼそりと呟いた。
「井伊様の赤備えは、強いのかな」
「元山縣隊の他に甲斐の皆がいるのだぞ。三河衆とて武辺者で、根

は荒っぽい。それが武田流、山縣流で戦うんだ。弱いはずがあるか」

藤太は真っすぐにこちらを向いた。真剣な眼差しだった。

「足りない気がする」

「何がだ」

咎めるような口ぶりになってしまった。

藤太はまた土に目を戻し、小さく続けた。

「山縣様がいない」

かっ、と頭に血が上った。つかつかと三歩を進み、しゃがんでいる胸座《むなぐら》を摑んだ。ぐいと引くと、藤太は引き摺られるように立つ。己より頭ひとつ大きく、見上げているはずなのに、なぜかとても小さく見えた。

「おまえ、甲斐でも同じようなことを言っていたな。いい加減にしろ。何年経ったと思っているんだ。七年だぞ。いつまでも、うじうじと……山縣様とて、あの世で嘆いておられるだろう」

「そういうことを言っているんじゃあない！」

峻烈な怒気に少し気圧され、摑んでいた胸座を放した。

「なら、どういうことだ」

「井伊様だぞ。あの、井伊様なのだぞ。戦場に荒れ狂って、将の役目も忘れるようなお人だ。山縣様のように立ち回れるとは、俺には思えん」

覚えている。まだ遠江岡崎にあった頃、石川数正の下で、駿河田中城に青田刈りを仕掛けた日のことだ。援軍に駆け付けた井伊は、戦場を広く見て指示を下さねばならぬところを、百の騎馬に先んじて乱戦の中に飛び込んでいた。

藤太の言には一理ある。しかし、勘五郎は否定した。

「あの時は確かに俺も、将らしくないと思った。だが年を重ねて、井伊様も二十二だ。血気に逸っていた頃とは違うはずだ」

「どうだかな。雀百まで踊り忘れず、と言うだろう」

「人と雀は違う。頭で考えて己を律する」

「そうできる人なら、如何に若気の至りでも、あんなことをするものか」

あんなこと――田中城の戦いで、味方を救援した後に殴り付けていたことだ。瞬時言葉に詰まったが、勘五郎は躊躇いを振り切って、藤太の肩に手を置いた。

「だが、己の拙い戦ぶりを恥じよという言い分だけは正しかった。それに、元服してすぐ家康公の旗本になったようなお人だ。年若い身でそこまで出世して、いつまでも子供のようなことをすると思うか」

藤太は疑わしいという顔で俯いた。勘五郎は言い聞かせるように発した。

「見てみなければ、見続けねば、井伊様がどう変わって行くか分からんだろう」

肩に置かれた右手が重たそうに、藤太はぺたりと地に座った。

「……見続けられるのか。確かに将だって色々な人がいる。勘五郎殿の言うとおりかも知れん。しかし、せっかく上役に慣れて、よしこれからだと思うたびに配置を換えられているじゃあないか。俺は、こういうのは好かん」

「それが武士の常だ。おまえの気持ちは分からんでもないが、主家の都合に合わせるのも、仕える者の役目ではないか」

藤太は目を見開いてこちらに向けた。その面持ちが、じわりと苦笑に変わっていく。

「やはり、勘五郎殿は生まれながらに武士なんだな。だが俺は百姓の子だ。ひとつの土地にしがみ付いて生きる、百姓の子なんだよ」

吊り上げていた自らの目元が、力を失っていく。

藤太の眼差しは虚ろになり、どこを見ているのか判然としない。再び通じ合ったと思った二人の気持ちに、越えきれぬ隔たりがあることを思い知らされた。

勘五郎はしばし迷い、ようやくのひと言を発した。

「……俺たちは赤備えだ。誰もがなれる訳ではない、強くなければ入れてもらえない、赤備えなんだ。この先は、たらい回しになどされんよ」

今の己が言えることは、それしかない。

「そう願いたいな」

小さな呟きに、勘五郎は「うん」とだけ返す。藤太がこちらを見上げてきた。心なしか、頼りなげな心を映しているように思えた。

「俺の一番身近な上役は勘五郎殿だ。勘五郎殿に従うってことで、間違っていないよな」

「任せておけ。今日おまえを訪ねたのも」

自らの言葉に嘘を感じて、言葉が切れる。勘五郎は大きく息を吸い込み、吐き出してから言い直した。

「俺はな、藤太。おまえがいたから、ここまで来られたんだ。子供の頃に、強くなりたいと願った。徳川に移ってからも、強くあろうと心に決めてきた。全て、おまえがいてこそだ。これからだって変わるものか。だから任せておけ」

藤太は少し驚いたようだが、救われたような顔であった。

立ち去って生垣越しに見ると、藤太はまた土をいじっていた。時折、小さく鋭く頭を振っている。必死で自らを押さえ込もうとする姿であった。支えてやれたのかどうか、自信が持てなかった。

家に戻ると、勘五郎は縁側に立て掛けたままの木刀を取った。巻藁に向かい、打ち込みを再開する。だが振るう切っ先は藁の端を掠めることなく、中央を激しく叩いたり、空を切ったりという有様であった。

「糞ったれ……」

木刀を勢い良く振り上げ、藁を打ち据えた。味方を打ち据えた井伊の顔がちらついて、もう一度叩く。息が乱れていた。

「旦那様、今日はもう、お止しになった方が……」

ふと、縁側から声がかかる。心配そうな妻を見ると、胸の苛立ちが酷くなった。

「口を出すな」

「でも、何か辛そうです」

心の内を覗かれた気がして狼狽し、瞬時に怒気が沸き上がった。

「やかましい！　おまえに何が分かる」

一喝され、芳は少し後退った。

「す……すみません。ごめんなさい」

消えそうな声で詫び、奥へ下がって行く。目元に少し光るものがあった。

勘五郎は庭にどかりと座り、頭を掻き毟って、自らの膝を平手で思いきり叩いた。

＊

年が明け、天正十一年（一五八三年）となった。世の動きにはきな臭いものが漂っている。根源はやはり、織田信長の死に起因する混乱であった。

幼君・三法師の後見人となった織田信雄と羽柴秀吉は、信長の三男・織田信孝《のぶたか》や、家老筆頭の柴田勝家《しばたかついえ》と折り合いが悪い。事実上、個々の家臣が大名として独立したに等しい織田家中に於いて、羽柴・柴田はそれぞれ味方を束ねることに腐心していた。

羽柴と柴田が信長亡き後の覇権を争っているのに対し、徳川は引き続き、旧武田領の争奪戦に縛られたままであった。信濃に於いて、いささか思わしくない事態が起きていたためである。

昨年の盟約で、徳川は上野沼田を差し出し、北条は信濃佐久郡を差し出して交換することが取り決められた。だが沼田を領する真田昌幸が、頑《かたく》なにこれを拒《こば》んでいる。沼田は徳川に与えられた地ではなく、自らが勝ち取った地であるという理屈であった。

結果、北条は真田領の上野沼田を攻めた。徳川に従って小諸《こもろ》城を任されていた依田信蕃は、これに対抗して佐久郡岩尾《いわお》城を攻めたものの、鉄砲傷を負って命を落としていた。徳川方は岩尾城を切り取れず、逆に小諸城まで失うことになった。

盟約を結んだ両勢力が、その盟約ゆえに相争っている。徳川と北条の関係は脆弱《ぜいじゃく》で、約定そのものに問題を孕んでいた。両者とも手を取り合いながら、隙あらば互いの寝首を掻く構えである。井伊の赤備えも、いつでも出陣できるよう支度を怠るなとされていた。

そうした中でも日々の勤めはある。三月の初め、勘五郎は同心衆の藤太、花輪又三郎、北村源右衛門、深沢又兵衛《ふかざわまたべえ》、中込賀助《なかごみかすけ》、横村弥兵衛《よこむらやへえ》と共に、浜松城本丸館の警備に就いていた。

霞がかった鱗雲《うろこぐも》の切れ目から、麗《うら》らかな陽光が降り注ぐ。曲者《くせもの》が紛れ込む余地のない本丸館の警備は、日がな一日、立っているのみであった。信濃と上野の混乱など、ぴんと来ない。

「成島様」

齢二十五、勘五郎の下では最も年若い横村が、のんびりと声を上げた。

「戦、あるのでしょうか」

勘五郎は正直に返した。

「分からんよ」

そもそも家康は、支度を怠るなと言いながら、北条と使者を行き来させるばかりで一向に動く気配を見せないでいる。

「それより横村。おまえ、気が緩んでいるのではないか」

じろりと目を遣ると、横村は小さく頭を下げ、先よりもずっと緊張した声音で「申し訳ござらぬ」と発した。勘五郎は「よし」と応じる。孕石の気持ちが少し分かった気がした。

部下の手前、厳しく返したものの、正直なところ己自身もこうした平穏には倦《う》んでいた。戦場の華、天下を窺うための槍、そうした役目を負っているはずの赤備えが、なぜ信濃にも織田家中の争いにも向けられないのだろう。

ふと、本丸南の鉄《くろがね》門を抜けて来る姿が目に入った。井伊直政である。少し急いでいるようで、せかせかと歩を進めている。

館の前に来た辺りで、警備の皆が揃って一礼した。

足音を聞き、向こう一間辺りまで近付いたことを察すると、勘五郎は頭を上げた。

「井伊様。お伺いしますが、我らの出陣はあるのでしょうか」

横村に言われるまでもなく、聞いてみたいことではあった。しかし井伊は一瞥を寄越すのみで、いささかも歩を緩めることなく館の内へと消えて行った。

「……これだものな」

吐き捨てるように呟いたのは、藤太である。苛立ち、諦め、呆れ、面持ちにはおよそ前向きなものが含まれていない。勘五郎は少し眉をひそめて宥めた。

「そう言うな。下の者には話せぬ訳というのが、あるのだろう」

「何も知らねば、何もできぬだろうに」

藤太が言うと、花輪と深沢が面白くなさそうに頷いた。若手の中込と横村は眼差しを泳がせている。

若手二人の様子を見て、北村が「はは」と笑った。

「まあ、気長に待て。中込、横村、できることはあるぞ。おまえらも勘五郎殿のように嫁でも取って、毎晩楽しんではどうだ」

二人を気遣って言ったことだろうが、中込と横村はかえって、どう応じて良いか分からぬようになっていた。しかめ面になった花輪が、北村を肘で小突く。

勘五郎はひとつ咳払いして胸を張った。

「戦場を思え。できぬことをやって退《の》けるのが赤備えだ。武田にいた時から、それは変わらん」

今の毎日が戦場とかけ離れていることは自ら承知しているが、それでもこう言わねばならなかった。皆は不服そうな顔ながら口を噤んだ。こちらの立場を慮《おもんぱか》ってくれたらしい。

面白くないものを胸に抱えたまま半刻ほどが過ぎた頃、鉄門の方が何やら騒がしくなった。

「伝令、伝令じゃ」

呼ばわりながら駆けて来るのは、見覚えのない顔だった。そもそも身なりが武士らしくない。麻の着物を着流した風は、まるで商人であった。門からは赤備えの別隊がばらばらと追い慕って来る。よもや襲撃か。それにしても、たった一人で――。

「待たれよ」

勘五郎は皆の先に立って、駆けて来る男を止めた。

「伝令とのことだが、名を述べられたし」

すると男は面倒臭そうに、懐から手拭いを出した。

「何を」

思わず腰の刀に手を掛けると、男はその手拭いで自らの顔をごしごしと擦り始めた。生白い面が、次第に浅黒くなって行く。化粧の剝げた顔は、つるりとした先の面相とはまるで異なり、額に刻まれた皺が明らかになっていた。次いで男は口の中から、綿を丸めたのだろう物を取り出した。少し頬のこけた顔は、一番の下っ端として大手門の番をしていた頃から見知っていた。

「服部だ。たわけめ」

足軽大将・服部半蔵《はんぞう》正成は伊賀忍びを父に持つ。当人は忍びではなく徳川の将だが、変装などの簡単な技を使うことはできるらしい。ともあれ、勘五郎は恐縮して深々と頭を下げた。

「これは……ご無礼を」

「成島。其方はまだまだ甘い。わしは声まで変えてはおらなんだぞ」

ふと、思った。勘五郎は頭を上げる。

「服部様、お伺いしてよろしゅうございますか」

「何だ。手短に頼むぞ」

木っ端武者より下に置かれるのが常の、忍びの出である。そのせいか、服部は誰とでも気安く口を利いた。

「此度は何を探っておられたのです」

急いでいる、面倒だ、という思いを包み隠しもせず、服部はひと言で答えた。

「柴田が動いた」

勘五郎は、そして他の皆も、顔に驚きを湛えた。

互いに自らの派閥を整えている柴田と羽柴だが、羽柴には今、弱みがあった。

織田重臣・滝川一益は昨年の北条の侵攻を受け、上野から弾き出された。以後は本領の伊勢長島に戻って柴田方の旗幟《きし》を鮮明にし、兵を挙げている。羽柴はこれに応じて伊勢を攻めている最中であった。柴田が動いたとは、滝川攻めで空き家になった羽柴の本拠・近江長浜《ながはま》を窺うということだ。

「世の動きが決まるぞ」

それだけ残し、服部は本丸館の内へ消えた。

皆が胸の内をざわめかせ、誰も何も発せぬまま半時ほどが過ぎた。と、館の内から井伊が出て来た。太い体に似合わぬせかせかとした歩みは、館に上がった時と同じであった。

「井伊様」

勘五郎は思わず声をかけた。しかし井伊は、先と同じく一瞥しただけで通り過ぎた。

「お聞きします。戦はあるのですか。俺たちは、どこで働けば良いのです」

井伊が足を止める。ゆらりと、肩から何かが立ち上ったような気がした。

「孕石に聞け」

背を向けたまま太い声を響かせると、井伊は立ち去った。蔑《さげす》んだような声音であった。木っ端共は何を知る必要もない、下知に従う以外の能などあろうものか、と。

藤太が「糞ったれ」と呟くと、他の皆も、口々に井伊への不満を漏らした。

「おまえら、場所を弁《わきま》えろ！」

一喝して皆の口を封じたが、すぐ後に労わる目を向けた。気持ちは同じであった。

その夜は孕石を訪ね、今日のことへの不満を申し伝えた。孕石は「聞き置く」と言ってくれたが、それで何が変わるでもなかった。

柴田勝家の挙兵に応じて、羽柴秀吉は居城の近江長浜に兵を返した。だが四月になると、信長の三男・織田信孝が美濃大垣《おおがき》城から兵を動かした。越前・伊勢・美濃の三方面が敵となった羽柴軍は、まず織田信孝を攻略すべく動いた。

羽柴軍の動きに応じ、柴田の甥・佐久間盛政《さくまもりまさ》は、大岩山砦《おおいわやまとりで》、次いで賤《しず》ヶ岳《たけ》と、近江を席巻して行った。これを知るや、羽柴は大返しに兵を戻して佐久間隊を撃破、そのまま一気に柴田勝家の本隊を襲い、越前北《きた》ノ庄《しょう》城へと押し込めて、ついには自害に追い込んだ。

世に言う「賤ヶ岳の戦い」が浜松まで報じられているにも拘らず、家康は引き続き東国の扱いに腐心していた。

勘五郎は、口惜しく思った。

柴田に圧勝したことで、天下の趨勢は羽柴に傾いたのだ。なぜ家康は、そこに一石を投じようともしないのだろう。赤備えは天下取りの槍、それを井伊と甲斐衆に託すと言っていたではないか。戦支度ばかりで出陣の下知がないのなら、赤備えは、我らは何のためにある――。

六　赤鬼

本能寺の変からほぼ二年が過ぎた。

天正十二年（一五八四年）三月六日の晩、勘五郎は早々に灯りを消し、妻の肌に触れた。夫婦の交わりを三度繰り返し、ようやく二人の胸が離れる。

大きく息を弾ませる芳の左隣に横臥《おうが》して、勘五郎は詫びた。

「すまなかった」

「……いいえ。たくさん、嬉しゅうございます」

少し朦朧《もうろう》とした返答であった。十九歳になって、わずかに乳の厚みも増している。そこに手を遣ると、芳は短い声を漏らした。

勘五郎は静かに返した。

「そうではない。今までのことだ」

「今……まで？　え？」

「面白くない思いをさせたのは、一度や二度ではない」

そこまで言うと、ようやく思いを察したようであった。ふら、と小さく身を起こしてこちらの体に凭《もた》れ、胸板の上の小さな豆を噛んだ。

少し痛い。

「長のお別れのような……嫌です」

「戦に出るからには、その覚悟は常にある」

芳が自らの腹を、こちらの腰に押し当ててきた。

「でも、かわいそうです。生まれた時には父上がいないなんて」

「……おい。できたのか」

闇に慣れた目を見開く。芳は答えず、抱き付いて脇腹に爪を立てた。

勘五郎は妻の頭を抱えて髪を撫でた。

「ならば、なおのこと精一杯やらねばならん。それに……何と言うかな、天下を争う戦で働けるのが、俺は堪らなく嬉しいのだ」

胸に抱かれたまま、芳はこちらの顔を悲しげに見つめた。

「討ち死になさっても本望だと仰るんですか」

切ない声に、はっと息を呑んだ。

「俺は」

覚悟を据えるところを間違えていたのかも知れぬ。

「……そうだな。真の赤備えは目覚ましく働き、生きて帰らねばならん」

芳の顔が少し緩む。勘五郎は念を押すように続けた。

「必ず生きて帰る。その覚悟で天下を争う」

「それでこそ、私の大好きな旦那様です」

芳は笑顔になった。赤備えが新生した頃に見せた、眩《まぶ》しい笑みであった。

子ができたことは素直に嬉しいし、妻もこうして己を知っていてくれる。後顧の憂いなく槍働きができよう。満足のうちに夜は更け、勘五郎は眠りに落ちた。

三月七日の朝、勘五郎は日の出を前に目を覚ました。芳はすでに床を抜け出て、朝餉の支度を済ませていた。腹ごしらえを済ませ、朱で彩った具足を身に纏《まと》う。眩しそうな面持ちの妻に軽く頷き、勘五郎は浜松城へ向かった。

戦に至るまでには複雑な経緯があった。四分五裂の織田家に於ける主導権争いが、全ての大本である。

羽柴秀吉は明智光秀を討って信長の仇を取り、家中を二分する勢力の柴田勝家を下し、着実に重きを増していく。そのたびに、共に当主後見を務める織田信雄の存在は軽くなっていった。信雄はこれを恐れ、徳川と北条に仲裁を申し出て接近を試みた。

信濃小県郡と上野沼田に跨《またが》る領地を持つ真田昌幸のために、徳川・北条の間はこじれ、共に背後の危うさを拭いきれずにいた。信雄から

「真田領の問題は継続して談合の上で解決すべし」と仲裁を受けると、両家は渡りに船とばかりこれに応じた。

信雄にしてみれば、自らの存在を示したつもりだったろう。だが秀吉は信雄に、織田本城・安土からの退去命令で応じた。信雄が安土にあれば当主・三法師の意思を妨げる、という名目である。もっとも、未だ四歳の稚児に意思も何もあろうはずがない。天下への野心を明らかにしたただけのことであった。

今年の一月、秀吉は信雄に新年の参賀を命じた。安土の三法師に、ではない。大坂にある自らに対してである。臣従を命じたに等しい。信雄はこれに激怒し、羽柴の専横を詰問《きつもん》すべく、三人の家老を大坂に遣った。

だが――。

この三人が信雄を見限り、秀吉に寝返った。少なくとも浜松にはそう聞こえてきた。

前後して織田の木瓜紋が浜松に参じ、その使者が帰ると徳川家中に戦触れが出された。織田信雄は大坂から戻った家老たちを斬り、三月六日、羽柴に対して兵を挙げた。

そして、三月七日朝五つ辰《たつ》の刻（八時）、徳川軍三万は浜松城を発った。向かう先は尾張、織田家のかつての本拠、清洲城である。信長の子を粗略に扱う秀吉に順逆の理を示す。それが徳川軍の大義名分であった。

「全軍、前へ」

家康の下知を、将たちが復唱する。最後に井伊直政の太い声が響き、行軍が始まった。赤備えは先頭にあった。

勘五郎は、少しばかり居心地の悪い空気を感じ、ちらちらと後ろを窺った。思ったとおり、他の隊に任ずる者の眼差しが冷ややかだった。

（赤備えを）

歳若い井伊直政の下で新生し、未だこれと言った実績を上げていない。全軍の先頭を進む赤い一団を「どれほどのものか」と値踏みしている。

（だからこそ、強さを見せねばならん）

軽く俯いて自らを律していると、前方に馬を進める部下たちの、ひそひそと交わす声が聞こえた。

「家康公は食えないお人だな」

「孕石様の言われるとおりだ。頼もしい大将だが、信義という意味に於いては……」

「羽柴は狸に化かされた気分だろうな。どうせなら、別嬪《べっぴん》の女狐に化かされたいだろうに」

藤太と花輪又三郎、北村源右衛門であった。

「おい」

三人が肩をすくめ、後ろを向く。藤太は少し笑って返した。

「勘五郎殿も、そう思わんか」

「思うか思わんか、じゃあない。無駄口を利くな」

花輪は「申し訳ない」と恐縮したが、藤太と北村は悪戯っぽく頭を下げて前を向いた。以前にも思ったが、孕石はこういう者たち――己も含まれるが――を統《す》べていたのだ。頭が下がる。

とは言え、三人の言い分とて理解できる。戦に至るまでの事情と徳川の立ち回りについては、その孕石から仔細を聞いていた。

徳川家康は、かねて秀吉の元に石川数正を遣わし、諸々の交渉をさせていたそうだ。信雄と険悪であることを承知しつつである。だとすれば、考えられることはひとつ、この動きに一枚噛んでいる。信雄は徳川を信じて踊らされたのだろう。秀吉は徳川と結託したつもりが、裏切られたのかも知れない。

「なあ、勘五郎殿」

藤太は、再び振り向いて口を開いた。

「この戦は赤備えの戦になるのかな」

迷いのある口ぶりではなかった。目つきも定まっている。今の藤太は、間違いなく赤備えの飯沼藤太だ。勘五郎は力強く頷いた。

「そうなる。間違いない」

先には三人を窘める硬い声音だったものが、高揚したものに変わっていた。これを聞いて北村が、少し訝しいという目を向けた。

「何か、いいことでもあったのか」

ぎくりとした。努めて声を押し潰し、返す。

「これは天下取りの戦だ。赤備えが作り直された初めての戦で、赤備えの働きが求められているのだぞ。嬉しくて当たり前だ」

二人のやり取りを聞き、藤太の頬は気が抜けたようになった。

「いつもより……何か、ちょっと違う気がするぞ」

北村が、にやにやしながら続いた。

「白状してしまえ。嬉しいことでもあったのではないか」

「いいから、花輪を見習って前を向け！」

藤太はなお首を傾げながら、北村は含み笑いをしながら、前を向いた。

心中に「勘の良い奴らだ」と呟き、勘五郎は小さく溜息をついた。

こちらの身に福があったと知れば、藤太は竹馬の友ゆえ、北村は調子者ゆえに、行軍中でも構わずに騒ぎかねない。

しかし赤備えとしての働き云々というのは、決して方便ではない。

偽らざる思いであった。

＊

徳川軍は三月十三日に清洲城に入った。

行軍の時間を稼ぎ、また態勢を万全にするため、家康は八方手を尽くしていた。まずは服部正成の下にある伊賀同心衆――忍びの者を使い、紀州の傭兵集団・雑賀衆や根来衆《ねごろ》、四国の長宗我部元親《ちょうそかべもとちか》、北陸《ほくりく》の佐々成政《さっさなりまさ》を語らった。また先に和解した盟友・北条氏政にも助力を請い、秀吉への包囲網を企んだ。

百姓から天下を窺う立場まで成り上がった秀吉に対しては、妬《ねた》みと反発も多い。この策は見事に当たった。

雑賀衆と根来衆は家康の求めに応じ、海陸から大坂へと北上した。

四国の長宗我部も大坂を虎視眈々《こしたんたん》と窺い、佐々は北陸から近江を牽制している。尾張に入った徳川・織田連合軍三万五千、伊勢の織田信雄軍五千、これに兵を振り向けた留守を衝かれぬように十全を期さねばならず、秀吉の出陣は大きく遅れていた。

ところが、事態は徳川軍が清洲に到着したその日のうちに動いた。織田家譜代の臣であり、信長の乳兄弟《ちきょうだい》にして義兄に当たる池田恒興《いけだつねおき》が、犬山《いぬやま》城を占拠して羽柴方に付いたのである。自らの出陣が遅れても戦局では遅れを取らぬ。羽柴秀吉の実力は、やはり恐るべきものであった。

犬山城は清洲城の北三十里ほど、東から西に向けて平野を流れる木曾川の南岸にある。その犬山と清洲のちょうど中間にある小牧山《こまきやま》城へと、家康は即座に陣を移した。池田の女婿《むすめむこ》・森長可《もりながよし》がここを狙っていたからだ。小牧山を取られたら、清洲は喉元に刃を突き付けられたに等しい。

三月十四日、小牧山城に着くなり、家康は敵への備えを命じた。敵がこの地を狙っている中で、城を占拠するだけの時間はかけられない。まずは家康の本陣を城外に築き、数人の旗本と供回りの小姓衆、および本多忠勝率いる三千の兵で固めさせた。

余の二万七千と織田勢五千は、その周囲を取り巻くように陣屋を築いた。井伊直政の陣は酒井忠次や榊原康政と共に、本陣の前に並んでいた。

森長可はどこに現れるか。昼夜を分かたず警戒に当たる中、十六日の宵の口になって、ひとりの物見が駆け戻った。

「注進、注進！　敵は羽黒《はぐろ》だ」

小牧山城まで馬で半時という地である。すわ、と徳川の軍陣が色めき立った。皆が身支度を整え、腰に刀を、手に槍を携えて持ち場へ走った。

勘五郎は賦役の百姓衆に命じた。

「馬引けい」

応じて引かれた馬に跨り、陣の前に進んだ。

井伊の赤備えが武田に倣ったのは、隊の組織だけではない。大掛かりな騎馬隊を組むことのなかった徳川に於いて、山縣の赤備え同様、士分の者は全て騎馬で編制されている。三河と遠江の衆、甲斐衆のそれぞれに寄騎と寄子、同心があり、騎馬武者の数は四百に至った。皆が具足から槍、旗、指物、鞍《くら》、馬鎧《うまよろい》の全てに朱色を配している。この他に徒歩勢として雇い入れた足軽が六百ほどあるが、それらは徳川からの貸具足を着けており、赤くはない。

赤備えを補助する隊として「相備え」を付けるあたりも、武田流である。足軽を先に立てた後ろに騎馬が控える形は同じだが、相備えの具足は常の武者と同じように黒塗りが中心で、数は倍の二千があった。

暗い天に篝火が火の粉を巻き上げる中、井伊本隊の千が並ぶ両翼を、相備え二千が二手に分かれて固めた。

井伊直政が身に着ける武具は、具足、槍の柄、旗指物、馬印、鞍、馬鎧、その全てが本当に赤一色に染め上げられていた。兜の脇立ては長大な金色の天衝《てんつき》、後ろには房状に束ねた白熊の毛をあしらい、それは背まで達している。陣中であろうと、乱戦の中であろうと、どこにいてもひと目で分かる出で立ちである。歳こそ二十四と若いが、恰幅の良い大柄な体を馬上に反らせ、隊の一番後ろで腕組みして目を光らせる様には、抗《あらが》いようのない威厳があった。

勘五郎は、ぶるりと武者震いした。新生した赤備えが、いよいよ先陣を切る。

――そう思った。しかし出陣を命じられたのは井伊隊ではなかった。

「では参るぞ」

酒井忠次の号令に、五千ほどのひと固まりが「応」と声を上げ、夜陰に駆けて行く。

「……なぜだ」

勘五郎は、思わず呟いた。答えてくれる者はない。不満を顔に映し、肩越しに後ろを向いた。

「孕石様！」

「やかましい。前を向いておれ」

孕石はひと言で退けるが、到底収まりが付くものではない。

「この戦は天下取りの戦ではないのですか」

「だったら何だ。口を噤め」

「いいえ。先鋒を務めないのなら、赤備えは何のためにあるのです」

孕石は無言で槍を持ち上げ、勘五郎の兜を軽く叩いた。

「おまえは家康公ではない」

下知に従うのみ、と目が語っている。勘五郎は憤懣やる方ない思いで前を向いた。赤備えが新生して一年半、孕石にも井伊の無愛想が移ったか。

じりじりとしながらひと晩を待ったが、井伊隊に出陣の下知はなかった。

朝日が昇った頃、酒井隊の者と思われる数騎が駆け戻った。

「殿、お喜びくだされ。皆々、喜べ。緒戦は大勝じゃ」

呼ばわりながら本陣へと駆けて行く。周囲に歓喜のどよめきが起きた。

ただ、声を上げない者もあった。井伊赤備えのうち、甲斐衆の一部であった。勘五郎も当然、それに含まれる。

「静まれ」

井伊の太い声が上がった。

「最善の結果だ。手早く戻り、休息せよ」

それだけ言って、井伊直政は陣へと返した。

この三月十七日早暁、酒井忠次、榊原康政らの五千は羽黒の地に陣取っていた森長可隊を奇襲し、壊走させていた。敵襲の恐れがなくなった徳川軍は小牧山城を占拠すると、周囲に土塁や砦を築いた。羽柴軍の本隊が遅れている間に備えを固めるという、当初からの方針に従った行動であった。

だが、同時に池田恒興も犬山城を固めていた。双方の備えが堅固になり過ぎ、共に手出しできぬまま時が過ぎた。

四月五日、小牧山城から十五里ほど北、楽田《がくでん》の地に羽柴秀吉が着陣したと物見が報じた。その数、実に七万であった。

敵はどう出る。こちらはどう動く。俄《にわ》かに緊張を増した小牧山城に、

四月七日、服部正成の伊賀同心衆が駆け込んだ。

もたらされた報に、徳川軍は激震した。羽柴軍は数にものを言わせ、小牧山城との睨み合いを続けながら、二万の別働隊を三河へ回しているということだった。

一大事である。徳川は三河、遠江、駿河、甲斐、南信濃を領する大勢力となったが、甲斐と信濃が動揺している今、戦に動員できるのは三河と遠江、駿河の兵のみである。小牧山の三万五千は、そのほぼ全てだった。三河岡崎を落とされでもしたら、進退窮まって滅亡しかね

ない。

　そうした動揺は下に行くほど大きくなる。四月八日の夜半、夜警番を終えた花輪又三郎が勘五郎の元にやって来た。「やれやれ」と、疲れきったように座る。

「どうした」

　問うと、花輪は力なく応じた。

「足軽が逃げた。連れ戻して説教したがな。まったく、赤備えを何と心得ている」

「足軽に説教をしたところで、始まるまい」

　堅物の花輪らしい対処には苦笑が漏れたが、同時に憂える気持ちも大きかった。臨時雇いの足軽は、自分たちのような末端の武士以上に、戦うことだけが役目である。逃げるのは負け戦と見切ったからだろう。

勘五郎は溜息に混ぜて続けた。

「羽柴軍の動きを知りながら、家康公は何の下知もなさらない。おまえが連れ戻してくれた足軽衆が使い物になるかどうかは、怪しいものだ」

ともあれ、と勘五郎は花輪を誘って共に夕餉を取った。武士として徳川に仕え、浜松に家族がある身にとっては、命令を待つことが全てである。

気が昂ぶり、不安が胸に渦巻く。そうした中で寝付かれぬ夜であったが、陣屋に身を置いている疲れか、明け方近くになると、少しまどろんだ。

そこへ――。

大勢の足音が聞こえて、勘五郎は跳ね起きた。朝靄《あさもや》の陣中を少し駆け、音の方へと目を遣る。まだ明けきらぬ薄青い空気の中に翻《ひるがえ》っていたのは、かつて見慣れた七曜の紋、大須賀康高の旗指物であった。

「成島様、成島様」

呼ばわりながら、賦役の百姓衆が駆け寄った。自らが連れた者ではない。孕石が随行させている顔であった。

「孕石様がお呼びです」

勘五郎はすぐに、孕石の元へ走った。井伊直政の陣屋近くに張られた陣幕の内には、既に他の二人の寄子も駆け付けていた。

「出陣の下知だ」

いざ動くべし。孕石の眼差しには、戦場での荒々しさが宿っていた。羽柴軍の作戦が報じられてから一日半、家康は手を拱《こまね》いていたのではない。伊賀同心衆を動かし、近隣の百姓に尋問して、迂回《うかい》部隊の動きを探っていた。

迂回の大将は秀吉の甥、三次秀次《みよしひでつぐ》とのことだ。数は第一陣の池田恒興隊六千、第二陣の森長可隊三千、第三陣の堀秀政《ほりひでまさ》隊三千、第四陣の三次秀次隊八千、計二万である。先頭から最後尾の三次隊まで実に十二里に及ぶ長蛇の行軍で、個々の隊の間も大きく開いているらしい。三次は二日前の七日に小牧山の東南十五里辺りの篠木《しのぎ》に、昨八日には名古屋《なごや》城の東十里にある小幡《おばた》城に入ったそうだ。両所はさほど離れていない。如何に大軍とはいえ動きが鈍かった。

説明を聞いて、勘五郎は呟いた。

「……緩んでいる」

空き家同然の三河岡崎を落とすなど赤子の手を捻《ひね》るようなもの、そう高《たか》を括《くく》った腹の内が透けて見えた。

孕石は大きく頷いた。

「既に榊原様、大須賀様以下の四千が追撃に出ている。我ら井伊隊は家康公に従い、後詰に向かう」

井伊隊を含めた家康の本隊は八千だそうだ。つまり小牧山城に残る兵は二万三千になる。それだけの数があれば、楽田の陣に残る羽柴軍五万に襲撃されても凌《しの》げるだろう。だが、凌ぐだけでは戦に勝てない。敵の迂回部隊は何としても潰さねばならなかった。

＊

行軍すること半刻足らず、小牧山城を出て四里の辺りで前方から馬が馳せて来た。

「注進、注進！」

旗指物は沢瀉《おもだか》の紋、先手の四千に随行した水野忠重《みずのただしげ》が寄越したのに違いない。

「止まれ。道、開けい」

井伊が地鳴りのような声を上げ、赤備えはさっと左右に分かれた。勘五郎の目の前を、伝令の馬が駆け抜ける。馬鎧にも、馬上の具足にも、矢を受けたようなところは見られなかった。

先の「止まれ」以後、再度の「進め」は発せられない。勘五郎は馬上で槍の蕪巻《かぶらま》き――敵の血が握り手に流れ至らぬように麻を巻き固めた部分を摑み、柄尻の石突《いしづき》でこつこつと地を叩いた。

「逸《はや》るな」

二頭後ろの馬上で孕石が静かに窘めた。軽く頭を下げて応じたが、気は急くばかりである。

ほどなく家康から「進め」の号令が下された。

「三次秀次、白山林《はくさんばやし》にて敗走」

将たちが声を繋ぎ、戦況を伝える。白山林の地は、三次が二日前にあった篠木、昨日滞在していた小幡城にほど近い。小刻みに過ぎる休息が敵の緩みを示していた。先手として出された四千はこれを急襲し、壊滅させていた。

「先手は引き続き敵三陣に当たる。後詰、遅れるな。駆け足！」

ひととおりの指示が行き渡ると、行軍が速められた。

先手の後を追い、まずは白山林を目指して進む。だが四半刻も進まぬうちに、次の伝令が馳せ戻った。今度の騎馬は馬鎧や具足の草摺に、いくつもの矢を立てていた。

行軍は再び止まった。最初の休止よりも長く時が過ぎている。勘五郎はまた槍の石突で地を叩いていたが、今度は孕石も何も言わなかった。

果たして、この注進は敗報であった。三次隊を蹴散らした徳川軍先手の四千は余勢を駆って急追したものの、敵の第三陣・堀秀政の三千に待ち伏せされ、壊滅したらしい。

「三千に負けたのか」

花輪が唸った。大将・三次の敗報に接してなお、数にも勢いにも勝る四千を退けるとは、確かに驚くべきことであった。

「このままでは……」

勘五郎は背後を向いた。だが孕石は何も言わず、じろりと目を向けるばかりだった。何を言いたいのかは分かる。しかし、と鼻息が荒くなった。

「井伊様！」

十間向こうの天衝に呼ばわった。孕石が馬の鞍に挟んだ鞭を抜き、こちらの籠手《こて》を叩いた。

井伊は今の呼びかけなど聞こえなかったかのように、前を向いたまま微動だにしない。戦場に荒れ狂っていた頃とは違うのだと思えば喜ばしいが、どうにももどかしかった。勘五郎は俯き、左の拳で腿を叩いた。

すると——。

「ふ……はは」

笑い声が聞こえた。

「ははっ。はは……あはははは！」

際立つ大笑であった。井伊が笑っている。

目を剝いて呆然と眺めながら、勘五郎はぞくりと身を縮めた。あれは、おかしくて笑っているのではない。冥府《めいふ》の鬼が亡者を前にして嘲り、罵るが如き哄笑であった。

「本隊、北へ。迂回して色金山《いろがねやま》へ向かう」

後方から復唱されて伝えられる下知に、ほっと息が漏れた。しかし、同じことを井伊が復唱すると、また皆が身を硬くした。

「全力で駆けい」

号令に従い、徳川軍本隊は進路を変えた。徒歩兵が全力で走るのに合わせた行軍の中を、早馬が飛ぶように駆け抜けて行く。敗走した先手に向け、本隊の動きを伝えるためであろう。

迂回する間に、敵軍はなお前へと進むに違いない。だが行軍を速めれば、三河の手前、湿地だらけの長久手《ながくて》を見下ろす色金山で追い付ける目算であった。

一刻ほどの後、色金山には徳川本隊の八千、そして先手の敗残兵から榊原康政隊の二千弱が駆け付け、集結した。二人、三人と物見が戻り、どうやら敵軍に追い付いたことが報じられた。

「全軍、前へ」

到着から四半刻もせぬうちに、進軍の指示が下った。目的地は御旗《みはた》山《やま》――色金山から見下ろせる小高い丘である。湿地の中にぽっかりと林が浮いていているように見えた。

夏に差し掛かったばかりの四月は梅雨時である。元々が湿地の長手は道もぬかるみ、徒歩兵の足に纏わり付いた。馬に至っては、細い蹄《ひづめ》を泥の中に突き刺しつつ進むような有様で、速さを完全に殺された。たった二里足らずの道を進むのにも難渋し、御旗山に達した頃には辰《たつ》の刻も終わらんと（九時）していた。

だが粘り付くぬかるみは、同様に敵の足も阻んでいた。行軍が遅くなり、未だ長久手を抜けていない。御旗山から南に見下ろす左右に兵団があった。左手と右手の間には、概ね二里ほどの隔たりがあると見える。

「赤備え、左翼へ」

井伊のひと声で、勘五郎は敵軍の動きから目を離した。そして、自らの下に付く六人の同心に向く。

「行くぞ」

強くなりたい。強くありたい。幼い頃から念じてきたのだ。井伊の赤備えが「初陣」を迎えることへの高揚を、敢えて抑えなかった。皆が面持ちを引き締め、無言で頷いた。

徳川軍の布陣は左翼に井伊隊の三千、右翼に家康と榊原の三千九百、中央に織田信雄が寄越した三千を展開している。

今か。いつか。攻撃の下知を待ちつつ、勘五郎は固唾を飲んだ。

——と、敵軍に異変が起きた。向かって右の一隊が西へと兵を返していた。

じっと目を凝らす。山の下に見えたひと際大きな旗印には、亀甲《きっこう》に花菱を三つ盛にした紋が黒く染め抜かれていた。

「堀秀政だ」

孕石が静かに言う。勘五郎は前を向いたまま問うた。

「なぜ退くのでしょうか」

「右翼は家康公の備えだ。おおかた、馬印でも目にしたのだろう」

振り向いて眦《まなじり》を吊り上げる。

「されど、それでは前を行く者を見捨てることになります」

孕石は顔色ひとつ変えずに返した。

「将は高いところから戦を見る。救いようのない者を救おうとするのは、馬鹿のやることだ」

向かって左手、つまり前を行く敵には、左翼の赤備えが真っ先に当たる。救いようのない者というのがどういう意味かを、勘五郎は察した。

未だ「かかれ」の声は聞かない。あと少しで敵の第一陣、第二陣は長久手の湿地を通り過ぎてしまう。そう見えた頃、東進していたその二隊が、西、つまり御旗山の正面に向けて引き返し始めた。堀秀政の撤退を知り、後を追ったものであろう。

じわり、じわりと敵軍は西へ返す。先頭が山の正面を過ぎ――。

法螺貝が鳴った。それに応じ、全軍が山を下りる。地鳴りが伝わったか、林の中から見える敵の行軍は乱れに乱れていた。

右翼、家康の隊から鉄砲の音が響いた。応じて、井伊隊の相備えからも二百の鉄砲が斉射される。音に驚いた敵が混乱を深めていく中で、ついにその命令は下った。

「今こそ、この戦の勝負どころぞ。赤備え、進め！」

井伊の太い声に背中を突き飛ばされるように、赤備えは駆け出した。

自らの前を行く同心衆を見ながら、勘五郎も猛然と馬の首を押した。

一町先で、山を駆け下りた先手の足軽が、敵の行軍に横合いから長槍を振り下ろしている。打ち据えられて転がる兵の向こう、馬に乗った兜首に向けて、また鉄砲が放たれた。

「鬨、上げい。えい！」

「応！」

井伊の声に応じ、赤備えの騎馬武者が声を上げた。

「えい、えい、えい！」

「応！」

それきり、赤備えの声はぴたりと止んだ。

互いに喚き合う戦から、かつての戦い方に戻っている。勘五郎は総身に漲《みなぎ》る熱を感じた。

大地に蹄を叩き付ける重い音が、鞍から腰へ伝わって来る。眼下に土くれが飛び交い、草いきれが次から次と後ろへ流れ去る。

帰ってきた――。

林の木々を縫って山を駆け下り、馬の足が速まる。風が塊となって、頬にぶつかって行く。夏の空気すら冷たく感じ、馬の首を押しながら軽く身を揺すった。

山裾に至ると、味方の足軽は既に半町も敵の行軍に食い込んでいて、乱戦の中で湿地の泥にまみれていた。

「井伊直政、赤備え、見参！」

轟《とどろ》く声を背に、山を下りる勢いを借りて、ぬかるみの中へと駆け入った。すぐに馬の足は鈍ったが、敵に肉迫するまで駆けられれば十分である。

「ふんっ……」

腹に力を込め、勘五郎は槍を突き下ろした。それは過《あやま》たず敵足軽の頬を裂いた。槍の穂先と蕪巻きの間、太刀打ちの部分を朱で彩った槍に、別の赤が散った。

「赤……赤備え？」

「赤備えだ！」

対するは敵の第一陣、池田恒興隊か。鳴り響く鉄砲の中、確かに敵兵は赤い具足に恐れを抱いていた。

だが、と勘五郎は思う。これは「井伊の赤備え」に怯んだのではない。かつて世を震撼《しんかん》させた山縣隊の影に怯えたのではないか。だとすれば危うい。別物だと見抜かれたら、敵は再び勢い付くだろう。

そうした懸念を余所に、舞い散る泥を弾き飛ばさんばかりの声が響いた。

「椋原！　右翼の相備えから二百を連れ、敵を分断せよ。第二隊と合流させてはならん。曲淵は左翼から三百を率い、東へ回れ。敵の退路を絞るのだ。孕石、三科！　広瀬の当たっている辺りが敵の泣き所ぞ。加勢して斬り込み、内側から突き崩すべし」

矢継ぎ早の指示が飛ぶ。武士たるもの、戦場では将に従うべし。勘五郎は孕石の後を追って馬を動かし、中央よりやや左手で奮戦している広瀬将房隊に加勢した。

「むん……」

短い唸り声と共に、花輪、北村、深沢、自らの下にある三人の同心が槍を揃えて突き出す。乱れきった敵の中でも、これに応じて健気に長槍を打ち下ろす足軽があった。一本、二本、その程度である。これは歳若い中込賀助と横村弥兵衛の槍が防いだ。

尖らせた口から、ふっ、と息を抜き、藤太が馬上で槍を振るう。だが敵との距離が近くなり過ぎ、やりにくいと思ったか、朱に彩った長柄を捨てて刀を抜いた。その隙を衝き、恐怖に裏返った叫び声を上げながら駆け寄る者がある。具足の様子から見て武士だ。足軽とは違う。

勘五郎はその敵をぎろりと睨み、気合一閃、鋭く槍を伸ばした。切っ先に右目を軽く穿《うが》たれた敵の武者は、刀を取り落とし、隙だらけになったところを藤太の一刀に斬り捨てられた。

敵の発する喚声の中、藤太が、ちらりとこちらを見る。眼差しに宿る「昔と同じだ」という思いに、勘五郎は小さく頷いて応じた。己は敵の戦意を刈り取り、藤太は敵を叩き斬る。隙を窺う者があれば、互いに守り合う。主家が徳川に変わっても、二人の戦い方は変わらなかった。

赤備えは井伊の下知に従い、その下にある寄騎衆の命令に従い、ひたすら黙々と敵を屠《ほふ》り続ける。対して敵は恐怖を吹き飛ばそうと、なお大声で喚き散らしていた。向かって来る者も、逃げようとする者も、皆が同じであった。

(そんな弱い心に)

右手から、絶叫と共に敵が迫る。しかし勘五郎が気迫を込めて顔を向けると、それだけで向こうは腰を抜かした。

（何で、俺たちが負けるか！）

心中で一喝して槍を伸ばす。鼻先を少し削ってやると、相手は悪鬼にでも出会ったかのように涙を流し、這いずって逃げた。

井伊の見立ては実に正確である。先に相手をしていた者共より、確かにこちらの方がずっと動揺していて、容易く蹴散らすことができた。

勢い、士気、全てに於いて徳川軍が優位である。しかし赤備えの騎馬という編制は、長久手のぬかるみに於いては不利もあった。疲れやすい地にあって、人はなお意思の力で自らをねじ伏せられるが、馬は同じようには行かない。そのせいか、同じ赤備えでも右手に展開する三河衆は少しばかり押し返されていた。

「孕石以下！　右翼に加勢せよ」

戦局を見たか、井伊が持ち前の大声を響かせた。初手の指示と言い、やはりこの人は将の器であった。それが嬉しくて、勘五郎は三間向こうの藤太へと禁を犯して叫んだ。

「聞いたか」

「聞いた。行くぞ」

二人は息を乱した馬を懸命に励まし、鞭を振るった。どたどたと敵兵の間を縫いながら進む馬の足は多分に遅い。馳せ付けるまでの間に、三河衆はなお十間ほども押されていた。

（何の、これしき）

加勢して敵を叩き潰してやる。その思いを込めた形相は、しかし瞬時の後に、驚愕へと変わった。

あろうことか、大将の井伊が猛然と馬を馳せていた。そしてぬかるみに踏み込むと、馬を捨てて敵に襲い掛かる。

恰幅良く背の高い井伊は、さながら赤い壁である。しかも長大な金色の天衝を兜に立て、南蛮渡来の白熊の毛を背に舞わせている。如何に赤備えが「俺を狙え」と示すものであっても、これほど分かりやすい的があろうか。

「おらあ！」

井伊が低く叫び、敵兵を槍で突き伏せる。三人、四人、五人、泥で手が滑るようになると、槍を捨てて刀を抜いた。

「井伊様」

孕石が駆け付ける。勘五郎と藤太も馬を捨てて走った。後方、井伊の陣からは寄騎筆頭の木俣守勝、先頃新しく寄騎として配された安藤《あんどう》直次《なおつぐ》が馬を馳せ付けていた。

「なりませぬ！」

呼ばわりながら安藤が駆け込む中、井伊は敵の黒母衣《くろほろ》と組み討ちになり、首筋に刃を立てていた。黒い泥の中に、赤黒い血飛沫《ちしぶき》が舞った。

安藤は転げるように馬から降りると、井伊の体を敵兵から引き剝がし、声を大にして諫《いさ》めた。

「大将が自ら手を下すなど、あるまじきことです」

刹那、井伊は荒々しく吼《ほ》えた。

「やかましい！」

声を上げるが早いか、安藤の横面を張り倒していた。追って来た木俣がこれを見て、顔を強張らせている。

「……同じじゃあないか」

左手で藤太がぼそりと呟いた。勘五郎は腹に力を込め、大きく息を吸い込んだ。言わねばならぬ。

「井伊様。木っ端の俺ですが、お諫め申し上げます。大将の行ないではござらぬ」

井伊が鋭くこちらを向いた。

「名も知らぬ下郎が」

「赤備え寄子衆、成島勘五郎にござる。はやお戻りあって、皆に下知――」

ぶん、と刀が振り下ろされた。勘五郎は間一髪でそれを避け、泥の中に倒れた。

「戦場ぞ。命のやりとりぞ。生きて帰るが赤備えなら、敵を殺せ！」

一喝を残し、井伊は乱戦の中に身を投じた。体格と膂力《りょりょく》に勝る井伊は、次々と敵兵を蹴散らして行く。木俣、安藤、孕石が慌てて後を追った。三人に引き摺られて下がるまでの間に、井伊は十人ほどの敵兵を斬り捨てていた。

その後も戦況は常に一進一退という風であった。だが敵第一陣の将・池田恒興が鉄砲に射られて落馬し、撤退するところを討たれ、第二陣の将・森長可もまた討ち死にすると、徳川が俄然優勢となった。

一時余り続いた乱戦の後、撤退する羽柴軍に追い討ちをかける。羽柴軍は池田と森、二人の勇将を失った上に、二千五百余りの兵を損じた。対して徳川の損兵は五百五十ほどであった。

大勝した徳川方は、粛々《しゅくしゅく》と兵をまとめる。小幡城まで退くという下知に従い、勘五郎も馬を進ませた。少し俯きながらの行軍であった。

ふと、轡を並べて来る者がある。右手を見ると、それは孕石だった。

「勘五郎。なぜ浮かぬ顔をしておる」

「何でも」

言いかけて、嘘を飲み込んだ。孕石はこちらの胸の内など見通しているらしい。ならば吐き出してしまうべきかと、再び口を開いた。

「俺には、井伊様というお人が分かりませぬ」

孕石は「ふふん」と鼻で笑った。

「見たままだ。まあ……激しいお人よな。されど今日に限っては、あれで構わんだろう」

「どうしてです」

ちらりと後方の井伊を見てから、孕石は応じた。

「強かっただろう」

「はい。されど、過たず下知しているお姿の方が、俺には頼もしく思えました」

「無論、わしもその方が有難い。だが、これは井伊隊の初陣だ。姿を現すだけで敵を震え上がらせる……家康公の求める力とするには、山縣隊の亡霊ではない、むしろそれを凌ぐほどの強さを見せ付けねばならぬ。だからこそ、井伊様にお任せあったのではないか」

「そういうものでしょうか」

半信半疑の問いに、孕石は「ああ」と返した。

＊

敵の迂回部隊を壊滅させ、家康は小幡城まで手勢を退いた。一方の秀吉はこの動きを知り、二万を率いて戦場近くの竜泉寺に急行した。如何に大敗の後でも、総大将が着陣すれば兵は奮い立つ。物見の報で羽柴方の動きを知った家康は、戦いを避けてその夜のうちに小牧山城に戻り、次いで清洲城へと帰還した。

構えの大きな清洲城や、防備を堅固にした小牧山城を攻めることは愚であると判じたのであろう、秀吉も決戦を避け、五月一日には大坂城に帰還を決めた。

それからも両軍は戦ったが、互いに相手方を探る程度でしかなかった。

小競り合いを繰り返す中、聞こえてきたことがある。井伊についてであった。

赤備えを率いて暴れ回った井伊直政の名は、この戦で一気に知られるようになった。悪鬼さながらの暴勇を目の当たりにしたせいか、天衝の脇立てを角に見立て、敵方は井伊を「赤鬼」と呼んで恐れているらしい。

そうして、長陣も七ヵ月に至る。十一月十一日の晩、勘五郎は孕石に召し出された。

聞かされたのは、驚くべき話であった。愕然とし、憤然としながら持ち場に戻ると、自らの下にある若手の中込賀助に命じて皆を呼ばせた。

参じた六人と共にひとつの火を囲んで車座となり、勘五郎は搾り出すように言った。

「無念だが、撤退だ」

飯沼藤太、花輪又三郎、北村源右衛門、深沢又兵衛、中込賀助、横村弥兵衛、六人が軽く目を見開いた。

「どうしてです。徳川が押しているのに」

「よせ、横村。上の命令には従わねばならん」

若手の血気を、花輪が制する。勘五郎は苦い思いで頷いた。

「尾張だけの戦ではないからな。伊勢と伊賀で戦っている織田信雄殿の旗色が悪い」

「ならば徳川が尾張で勝って、援兵を回すのが筋だ。いっそ、伊勢と伊賀も取ってしまえと命じてくれたら良いのに」

少し嬉しそうに発した北村を、勘五郎は、じろりと見据えた。

「それができん。……織田が、羽柴との和議に応じてしまった」

皆が無言になった。しかし心の動きか、ざわ、というものが伝わる。

勘五郎は苛立ちに任せて吐き捨てた。

「徳川は、この戦では援軍に過ぎん。無駄になったのだ。全てが」

「……死んだ奴も大勢いたのにな。無駄死にか」

やるせない、とばかりに深沢が漏らす。皆が皆、口惜しそうであった。だが、ただひとり藤太はどこか冷めていて、軽く天を眺めつつ言った。

「赤備えは人に先んじて敵に当たり、手柄を上げて、生きて帰る。そのとおりになった」

耳を疑った。勘五郎は、暗い星空を見上げたままの藤太に向き、目を見開いた。

「本気で言っているのか」

ひと言に凝縮された怒りを受け、藤太は当惑顔を向けた。

「井伊様も赤鬼と恐れられるようになった。赤備えも戦場に華を咲かせた。まずは十分だろう」

「十分なものか。この戦は天下を取るための戦だったはずだ」

食って掛かると、藤太は「やれやれ」と返した。

「甲斐一国でもあれだけ広かったんだぞ。日本には六十余州あるそうじゃないか。一足飛びに行くものか」

「違う！」

そういうことではないのだ。ついつい、大声になる。

「一足飛びに行くか行かぬか、ではない。梯子《はしご》がなくなったのだ。考えてもみろ。羽柴は天下に手を掛けているのだぞ。織田が和議を結んだなら、徳川も……。羽柴が天下を取れば、徳川はどう気張っても二番手で終わりだ。赤備えは天下を窺う槍では――」

「勘五郎殿」

何とも嫌そうに聞いていた藤太が、不意に発して遮った。

「言わせてもらって、いいか」

勘五郎は小さく舌を打った。憤懣やる方ない気持ちを持て余し、暴発しそうになっていた。

「聞こう。何だ」

藤太は頷いて、苦しそうな面持ちを見せた。

「俺は……俺はな。勘五郎殿に言われたとおり、井伊様を信じることにしていた。赤備えの強さを示し、敵を震え上がらせることだけ考えて戦に臨んだ。全て、その結果なんだよ」

「徳川の力が足りないと言うのか」

それに対しては、きっぱりと首を横に振った。

「力があっても、どうにもならない成り行きっていうのがある。俺のような阿呆でも、それは承知している」

「おまえは分かっておらん。どうにもならぬことを覆してこそ、人ではないか」

「勘五郎殿こそ分かっておらん。そんなのは、お天道《てんと》様に文句を付けているようなものだ」

「馬鹿を言うな。家康公や井伊様、羽柴とて日輪《にちりん》ではない。我も人なり、彼も人なりだ。変えられぬことがあるものか。山縣様の赤備えとて、負け戦を勝ちに転じたことが何度も――」

「できるのか。……あの井伊様に」

再度遮られ、勘五郎は言葉に詰まった。藤太は大きく溜息をついた。

「天下云々は確かに人のやることだ。でも井伊様は……。勘五郎殿は、あれで構わんのか。皆はどうだ」

長久手の一戦でも井伊は本性を見せた。思うところはある。だが、どう言ったら良いのか。皆をまとめるのも寄子の務めだというのに、つい目を閉じて渋い顔になった。藤太はもちろん、他の五人も無言になってしまい、十、二十と重苦しい息遣いだけが重なった。

「……それでも」

何かを言わねばならぬ。その思いで口を開き、勘五郎は薄く開いた眼差しを宙に泳がせた。

「俺は赤備えに身を置く。井伊様は確かに……。だが孕石様は仰せだった。此度は、これで良いのだと。俺も初めは疑っていたが、今になって正しいと分かる。家康公が何と言って井伊様に赤備えを託したか、思い出してみろ」

花輪が居住まいを正して応じた。

「その場にあるだけで強い、そういう槍をこそ求める……だったな」

「そうだ。いみじくも藤太が言ったとおり、井伊様は赤鬼と恐れられるようになった。この先、赤備えは戦場に出るだけで敵を怯ませるだろう」

藤太の面持ちは晴れない。北村が「はは」と笑った。

「しかしなあ。初めは良かったんだが、途中からは指示も忘れて……あれはもう、病だろう。しかも治らんぞ。結び飯ひとつを賭けてもいい。勘五郎殿、本当にそれで良いのか」

「分からん。だが、あれが赤備えとしての、初めての戦いだったのだ。

これから先、立場が人を作ってくれると思いたい。どうにもならぬ成り行きを変えてくれると信じたいのだ、俺は」

苦渋を湛えた声音に、藤太はひと言で返した。

「そうまでして、か」

迷いと疑問に満ちた眼差しであった。胸が締め付けられるようになって唇を噛む。しかし、何とか皆に分かって欲しい。勘五郎は思うままに言葉を継いだ。

「強くなりたいと思って己を磨き、山縣様の赤備えに加わることができた。強くありたいと願って、徳川で生きる道を選んだ。今までも、これからも同じだ。何も変わって……」

言葉を切って考えた。変わっていない訳ではない。或いはこれなら、と口が半開きになった。

「どうしたのです」

怪訝そうに問う中込に、勘五郎はにやりと笑って見せた。

「すまん。何も変わっていない訳ではなかった。実はな……俺に子ができた。浜松に帰ってすぐだろうな。生まれるんだ」

「おお！」

横村が目を見開き、花輪がぽかんと口を開けた。

「戦の前に、こってり仕込んだか」

北村がそう言って豪快に笑う。深沢と中込も「これはめでたい」と祝ってくれた。そして何より、藤太を包む空気が喜色一方に変わった。

「そうか。そらあ、めでたいずら。気張れし、五郎やん！」

百姓であった頃の甲州訛《なま》りで、藤太がばんばんと背を叩いてきた。手加減していないのは、この一事だけは本当に喜んでいることの証である。それが嬉しくて顔が綻んだ。

「俺が気張って働くためにはな、おまえらが必要なんだ。なあ」

見回すと、皆が少し照れ臭そうにしていた。藤太は、うん、うん、と頷いている。何とか皆をまとめられた。勘五郎は少しだけ安堵することができた。

信雄と秀吉が講和したことで、家康は戦の大義名分を失った。十一月末、徳川軍は浜松へと帰還した。

この講和によって、信雄は伊賀と伊勢の半国を秀吉に割譲することになった。それらは羽柴方の大名に分け与えられた。

一方で羽柴は徳川にも和議を持ち掛けた。争う名目を失った以上、応じぬ訳には行かない。家康は次男・於義丸《おぎまる》を秀吉の養子に出して矛《ほこ》を収め、これを以て小牧・長久手の戦いは終結を迎えた。

本書は、株式会社講談社のご厚意により、講談社文庫『誉れの赤』を底本としました。但し、頁数の都合により、上巻・下巻の二分冊といたしました。

誉れの赤　上

（大活字本シリーズ）

2021年11月20日発行（限定部数700部）

底　本　講談社文庫『誉れの赤』

定　価　（本体3,300円＋税）

著　者　吉川　永青

発行者　並木　則康

発行所　社会福祉法人　埼玉福祉会

埼玉県新座市堀ノ内3—7—31　〒352—0023

電話　048—481—2181

振替　00160—3—24404

印刷製本所　社会福祉法人　埼玉福祉会　印刷事業部

ISBN 978-4-86596-467-7

大活字本シリーズ発刊の趣意

現在，全国で65才以上の高齢者は1,240万人にも及び，我が国も先進諸国なみに高齢化社会になってまいりました。これらの人々は，多かれ少なかれ視力が衰えてきております。また一方，視力障害者のうちの約半数は弱視障害者で，18万人を数えますが，全盲と弱視の割合は，医学の進歩によって弱視者が増える傾向にあると言われております。

私どもの社会生活は，職業上も，文化生活上も，活字を除外しては考えられません。拡大鏡や拡大テレビなどを使用しても，眼の疲労は早く，活字が大きいことが一番望まれています。しかしながら，大きな活字で組みますと，ページ数が増大し，かつ販売部数がそれほどまとまらないので，いきおいコスト高となってしまうために，どこの出版社でも発行に踏み切れないのが実態であります。

埼玉福祉会は，老人や弱視者に少しでも読み易い大活字本を提供することを念願とし，身体障害者の働く工場を母胎として，製作し発行することに踏み切りました。

何卒，強力なご支援をいただき，図書館・盲学校・弱視学級のある学校・福祉センター・老人ホーム・病院等々に広く普及し，多くの人人に利用されることを切望してやみません。